JUAN
RULFO

O GALO DE OURO

JUAN RULFO

O GALO DE OURO

Tradução de
ERIC NEPOMUCENO

1ª edição

Rio de Janeiro, 2018

CIP-BRASIL. CATALOGAÇÃO NA PUBLICAÇÃO
SINDICATO NACIONAL DOS EDITORES DE LIVROS, RJ

H183m

Rulfo, Juan, 1917–1986
O galo de ouro / Juan Rulfo; tradução de Eric Nepomuceno. – 1ª ed. – Rio de Janeiro: José Olympio, 2018.

Tradução de: El gallo de oro
ISBN 978-85-03-01319-2

1. Conto mexicano. I. Nepomuceno, Eric. II. Título.

17-43157

CDD: 868.99213
CDU: 821.134.2(72)-3

Título original mexicano:
EL GALLO DE ORO

Este livro foi revisado segundo o novo
Acordo Ortográfico da Língua Portuguesa.

EDITORA JOSÉ OLYMPIO LTDA.
Rua Argentina, 171 – 3º andar – São Cristóvão
20921-380 – Rio de Janeiro, RJ – Tel.: (21) 2585-2000

ISBN 978-85-03-01319-2

Impresso no Brasil
2018

Sumário

Esta edição

Hoje conhecemos muito sobre a história de *O galo de ouro* graças aos arquivos de Juan Rulfo e os recortes de imprensa reunidos sobre seus vínculos com o mundo do cinema. O texto desse breve romance foi estudado cedo, em 1986,[1] por José Carlos González Boixo, conhecido pelos estudiosos do autor nascido no estado de Jalisco, e que convidamos para colaborar neste livro com um ensaio que recolhe sua apreciação da obra naquele tempo e à luz dos novos dados que pusemos à sua disposição. Outro conhecedor da obra de Juan Rulfo, Douglas Weatherford, imerso há alguns anos na mais completa pesquisa sobre as relações dessa obra com o cinema[2] e a quem também enviamos a

---

1. *O galo de ouro* e outros textos marginados de Juan Rulfo, *Revista Iberoamericana*, LII, 135-136, abril-setembro, 1986, p. 489-505.
2. Uma antecipação de seu trabalho pode ser vista no artigo *Citizen Kane e Pedro Páramo*: *uma análise comparativa*, em *Tríptico para Juan Rulfo*, Congresso do Estado de Jalisco – Universidad Nacional Autónoma de México, Faculdade de Filosofia e Letras – Universidad Iberoamericana – Universidad Autónoma de Aguascalientes – Universidad de Colima – Editorial RM – Fundación Juan Rulfo, México, 2006, p. 501-530; a partir de agora, *Tríptico*.

informação mencionada, aceitou nosso convite para aportar seu ponto de vista sobre esta peculiar obra do autor de *Chão em chamas* e *Pedro Páramo*. Acreditamos que ambos permitirão reler *O galo de ouro* a partir de uma perspectiva mais informada e fazer um juízo mais sólido da segunda novela de Rulfo. E não queremos deixar de mencionar como leitura recomendável, antes de entrar no assunto, o texto de Alberto Vital publicado em 2006, no qual analisa a breve narrativa a partir de novos pontos de vista.[3]

Os documentos mostram que em 1956 Rulfo estava trabalhando numa história sobre o mundo das brigas de galo e era pressionado para terminá-la, para que fosse levada às telas, embora só em janeiro de 1959 ele fosse fazer o registro de seu "argumento para cinema", como a classificou naquele momento. Rulfo não tinha avançado na velocidade que os produtores de cinema esperavam, mas quando seu texto finalmente chegou às suas mãos foi preciso esperar um lustro para que o filme fosse feito.

Os originais de Juan Rulfo, escritos à mão ou à máquina, não foram conservados. O texto foi entregue ao produtor Manuel Barbaracho, que determinou que fosse datilografado até conseguir um texto de 42 laudas. Revisando esse material com o devido cuidado, fica claro que quem cumpriu essa tarefa tinha habi-

3. *O galo de ouro, hoje*, em *Tríptico*, p. 423-436.

lidades profissionais com a máquina, mas era pouco versado na transcrição de originais literários. Não são observados no material datilografado critérios homogêneos de disposição do texto em situações similares, e notam-se erros ou omissões típicas de uma datilografia rápida. Uma cópia em papel-carbono desse material, com uma capa que acrescenta a data de seu registro (9 de janeiro de 1959), ficou em mãos de Juan Rulfo, como já consta na biografia escrita por Alberto Vital, *Noticias sobre Juan Rulfo*,[4] e como aqui é ampliada por González Boixo e Weatherford.

No arquivo de Rulfo, além disso, existe um par de documentos datados no dia anterior, 8 de janeiro de 1959, vinculados ao mesmo trâmite. Um é o original datilografado de uma "Sinopse", quase que com certeza escrita diretamente por Rulfo, embora em uma máquina diferente da sua (não parece feito por um datilógrafo profissional, mas por um experiente, como Rulfo era). Este resumo certamente era exigido pelo escritório responsável por esses assuntos. Apesar de se tratar de uma síntese, nela aparecem dados que não estão no "original" completo. Outro documento é o formato de um "Certificado de Registro" impresso em papel do Sindicato de Trabalhadores da Produção

4. Alberto Vital, *Noticias sobre Juan Rulfo: 1784-2003*, Editorial RM – Universidad de Guadalajara – Universidad Autónoma de Aguascalientes – Universidad de Tlaxcala – Universidad Nacional Autónoma de México – Fondo de Cultura Económica, México, 2003, p. 160.

Cinematográfica da República Mexicana (onde se fazia o registro das obras), em que se reconhece que Rulfo era o autor do "argumento cinematográfico intitulado DO NADA AO NADA". Não sabemos a razão de ter aparecido com esse nome alternativo, já que tanto na Sinopse como no original só está *O galo de ouro*. A Sinopse, até agora inédita, aparece nesta edição para que seja conhecida.

Rulfo não pensou em publicar esse "argumento", que na verdade é um pequeno romance (nunca um "roteiro", como se diz às vezes), mas em 1980 alguém que tinha em mãos o texto datilografado no escritório de Manuel Barbachano apresentou-o à editora ERA, que decidiu publicá-lo. Rulfo concordou, sem muito entusiasmo, ao considerar que era algo preparado para um filme, já realizado, e não queria voltar a uma obra *abandonada* (para usar o termo de Paul Valéry quando queria se referir à conclusão de um texto literário) fazia mais de duas décadas. Não fez nenhuma observação durante o processo de edição e sem dúvida teria sido muito útil que concordasse em ser consultado, mas isso não aconteceu. O editor descobriu as já mencionadas inconsistências de datilografia e corrigiu as mais sérias. Mas nem todas.

Nosso trabalho consistiu em unificar os critérios discrepantes utilizados no "original" em matéria de pontuação e sinais que deveriam assinalar o narrador e os diferentes personagens, assim como no agrupamento de versos quando se trata da transcrição de canções. As expressões entre aspas foram sistematizadas, bem como as maiúsculas nos apelidos de certos personagens. Ou seja, um cuidado de edição muito detalhado, que poderia ter sido feito antes. Não podemos, agora, perguntar nada a Rulfo, e o leitor atento poderá ter algumas inquietações. Também tivemos as nossas... limitando nosso trabalho. Nossas interferências não chegam nunca muito longe, e o seguinte exemplo mostra como atuamos num caso que poderia propiciar confusão. Trata-se do diálogo entre o varredor de uma rinha de galos e Dionisio Pinzón. Primeiro, copiamos aqui, com todas as suas características, o "original" datilografado (ou seja, a transcrição do original perdido de Rulfo realizada na empresa de Barbachano):

> *Você tá com um galo pra enfrentá qualqué um, amigo.*
>
> *Responde. Sim... Esse aí sabe contestar — foi a resposta de Dionisio Pinzón que saiu à procura de seu "padrinho". Encontrou-o no bar.*

Esse mesmo texto aparece assim na transcrição publicada em 1980:

> *— Você tá com um galo pra enfrentar qualquer um, amigo.*
>
> *Responde:*

> *— Sim... Esse aí sabe contestar — foi a resposta de Dionisio Pinzón, que saiu à procura de seu "padrinho". Encontrou-o no bar.*

A nossa transcrição:

> *— Você tá com um galo pra enfrentar qualquer um, amigo.*
>
> *— Sim... Ele sabe contestar — foi a resposta de Dionisio Pinzón, que saiu à procura do seu padrinho. Encontrou-o no bar.*

Um "original" com inconsistências deve ser objeto, inevitavelmente, de uma boa revisão, e isso foi feito em 1980. Muitas das correções foram acertadas, e as conservamos. Outras inconsistências não foram percebidas e as corrigimos agora. O exemplo citado mostra uma correção que não eliminou um erro do "original", embora uma leitura cuidadosa possa facilmente corrigi-lo. Foi o que fizemos.

Oferecemos, nesta mesma edição, a transcrição realizada por Dylan Brennan do texto de Rulfo lido pelo poeta Jaime Sabines em *A fórmula secreta*, o excepcional filme de Rubén Gámez estreado em 1965 e que não deixa de ser cada vez mais reconhecido e elogiado pelos experts.

FUNDAÇÃO JUAN RULFO

O galo de ouro

Amanhecia.

Pelas ruas desertas de San Miguel del Milagro, algumas mulheres envoltas em xales caminhavam na direção da igreja, atendendo aos chamados da primeira missa. Havia também outras mulheres que varriam as ruas poeirentas.

Longe, tão longe que não se entendiam suas palavras, ouvia-se o clamor de um pregoeiro. Um desses pregoeiros de vilarejo, que vão de esquina em esquina gritando a descrição de algum animal perdido, de um menino perdido, de alguma moça perdida... No caso da moça a coisa ia mais longe porque, além da data do desaparecimento, era preciso dizer quem era o sujeito suspeito de tê-la roubado, e para onde havia sido levada, e se havia reclamação ou abandono por parte dos pais. Isso era feito para que todo mundo ficasse sabendo o que acontecera, e para que a vergonha obrigasse os fugitivos a se unirem em matrimônio... Com relação aos animais, era obrigação do pregoeiro sair para procurá-los quando o pregão descrevendo o animal não desse resultado, ou o trabalho não seria pago.

Conforme as mulheres se afastavam rumo à igreja, ouvia-se melhor o anúncio do pregoeiro, até que, parado numa esquina, formando uma concha com as mãos, lançava seus gritos agudos e afiados.

— Alazão trigueiro... Sete palmos de altura... Cinco anos... Orelhano... Anca marcada... Ferrado com um S... Bom de rédea... Extraviado anteontem no potreiro Hondo... Propriedade de Dom Secundino Colmenero... Vinte pesos de alvíssaras a quem o encontrar... Sem perguntas...

Esta última frase era longa e desafinada. Depois ele ia para outro canto e tornava a repetir o mesmo estribilho, até que o pregão se afastava de novo e se dissolvia nos rincões mais distantes do povoado.

Quem exercia o ofício dessa forma era Dionisio Pinzón, um dos homens mais pobres de San Miguel del Milagro. Morava num casebre quase em ruínas no bairro do Arrabal, com a mãe, doente e velha mais por causa da miséria que por causa dos anos. E, embora a aparência de Dionisio Pinzón fosse a de um homem forte, na verdade estava lesado, pois tinha um braço entrevado sabe-se lá por quê; fosse como fosse, aquele braço o impedia de desempenhar algumas tarefas, como o trabalho de pedreiro ou de roceiro, e que eram as únicas atividades que havia no povoado. Assim, ele acabou não servindo para nada, ou pelo menos para conseguir outra coisa além da fama de lesado. Dedicou-se então ao ofício de pregoeiro, que não exigia o recurso de seus braços, e que ele desempenhava bem, pois tinha boa voz e boa vontade.

Não deixava nunca um rincão sem o seu clamor, não importa se trabalhando por encomenda ou buscando a vaca pelada do padre, que tinha o péssimo costume de escapar para o morro cada vez que via a porteira do curral da paróquia aberta, o que acontecia com demasiada frequência. E, mesmo quando aparecia algum desocupado que ao ouvir a notícia se oferecesse para ir atrás da maldita vaca, havia ocasiões em que o próprio Dionisio se obrigava à tarefa, ganhando como recompensa algumas poucas bênçãos e a promessa de receber no céu o pagamento pelo seu trabalho.

Ainda assim, ganhando alguma coisa ou não ganhando nada, sua voz nunca se tornava opaca, e ele continuava cumprindo sua missão, porque, para falar a verdade, era a única coisa que podia fazer para não morrer de fome. Apesar disso, às vezes chegava em casa de mãos vazias, como naquela ocasião em que teve a missão de informar o sumiço do cavalo alazão de Dom Secundino Colmenero, da primeira hora da manhã até alta noite, até sentir que o seu pregão se confundia com o latido dos cães no povoado adormecido; e como ao longo do dia o cavalo não apareceu, nem apareceu alguém que desse notícia dele, Dom Secundino não acertou as contas até ver seu animal cochilando no curral, pois não queria botar dinheiro bom em cima de dinheiro ruim, dizia; mas, para que o pregoeiro não desanimasse e continuasse a gritar o sumiço, adiantou a ele um decilitro de feijão, que Dionisio Pinzón embrulhou no lenço e levou para casa alta noite, que foi quando chegou, cheio de fome e cansaço. Como costumava fazer, sua mãe deu um jeito de preparar um pouco de café e cozinhar alguns "navegantes", que não passavam de pedaços do gomo mais grosso de cactos fervidos em água e sal, mas que pelo menos serviam para enganar o estômago.

Mas nem sempre se dava assim tão mal. Todos os anos, para as festas de San Miguel, Dionisio se alugava para anunciar os convites da feira. E lá vinha ele, plantado na frente das batidas dos tambores e do uivo das charamelas, buzinando seus gritos afinados dentro de um tubo de papelão, anunciando as "partidas", as vaquejadas, as brigas de galos, e ao mesmo tempo todas as festividades da igreja, dia após dia da novena, sem deixar de mencionar os espetáculos das barracas de lona ou algum unguento bom para curar todos os males. Bem atrás da procissão que ele encabeçava, seguia a música de sopro, amenizando os momentos de descanso do pregoeiro com as notas desafinadas do "Zopilote Molhado". O desfile terminava com a passagem das carroças, enfeitadas de moças debaixo dos arcos de flores catadas na beira do rio e de folhas de milho verde.

Era então que Dionisio Pinzón esquecia sua vida cheia de privações, e caminhava contente conduzindo a comitiva, animando com gritos os palhaços que iam ao seu lado dando cambalhotas e fazendo cabriolas para divertir as pessoas.

NUM DAQUELES ANOS, talvez pela abundância das colheitas ou pelo milagre de sei lá quem, San Miguel del Milagro teve as festas mais animadas e concorridas que tinha havido em muitas épocas. Tamanho foi o entusiasmo, que duas semanas mais tarde continuavam as rifas, e as brigas de galos pareciam se eternizar, a tal ponto que os galeiros da região esgotaram suas reservas de galos e tiveram que encomendar outros animais, que precisaram ser cuidados, treinados e colocados na rinha. Um dos que fizeram isso foi Secundino Colmenero, o homem mais rico do povoado, e que acabou com suas aves e perdeu nas benditas apostas, além de todo o seu dinheiro, um rancho cheio de galinhas e vinte e duas vacas, que eram tudo que ele tinha. E, apesar de ter recuperado alguma coisa no final, o resto se foi pelo ralo das apostas.

Dionisio Pinzón precisou trabalhar duro para conseguir dar conta do recado. E não como pregoeiro, mas como locutor das brigas de galo. Conseguiu pegar quase todas as brigas e nos últimos dias sua voz parecia cansada, mas nem por isso deixou de anunciar aos gritos as ordens do juiz, que era chamado de Sentenciador.

Acontece que aos poucos as coisas foram ganhando vulto. Chegou a hora em que somente se enfrentavam os mais fortes, reunindo jogadores famosos vindos de San Marcos, em Aguascalientes, de Teocaltiche, de Arandas, de Chalchicomula, de Zacatecas, todos carregando galos tão finos que dava dó vê-los morrer. E, vindas sabe-se lá de onde, as cantoras deram o ar de sua graça, talvez atraídas pelo cheiro do dinheiro, pois antes nem se aproximavam de San Miguel del Milagro. Com elas vinha uma mulher bonita, aprumada, com um xale amarelado e brilhoso sobre o peito. Era chamada de La Caponera, por causa do fascínio que exercia nos homens. Rodeadas pelos *mariachis*, com sua presença e com suas canções as mulheres fizeram que o entusiasmo da feira de galos crescesse ainda mais.

A rinha de San Miguel del Milagro era improvisada e não tinha capacidade para grandes multidões. Era na verdade o pátio de uma olaria, com um caramanchão erguido, uma espécie de galpão coberto de sapé. A arena era formada por tábuas, e as bancadas que a rodeavam e onde ficava o público não passavam de tábuas apoiadas em grandes blocos de adobe. No entanto, naquele ano as coisas se tinham complicado um pouco, pois ninguém imaginava que haveria tanta gente. E, como se tudo isso fosse pouco, esperava-se a qualquer momento a visita de alguns políticos. Por isso, as autoridades ordenaram que as duas primeiras filas permanecessem vazias até a chegada daqueles senhores, e mesmo depois, mesmo que viessem só dois, cada um com sua equipe de pistoleiros, que se acomodaram na segunda fila, atrás de seus respectivos chefes, que ficaram na primeira, um diante do outro, separados pela arena. Quando começaram as brigas de galo, ficou claro que os dois não se davam bem. Pareciam ter ido até a arena por alguma antiga rivalidade, que ficava demonstrada não só pelo seu jeito, mas nas próprias brigas de galo. Quando um deles tomava partido por determinado galo, o outro passava a torcer pelo adversário. E assim os ânimos foram esquentando, pois cada um queria que o seu galo ganhasse. Num minuto surgiam as desavenças: o perdedor se levantava, e com ele todo seu grupo de acompanhantes. Os dois começavam então a trocar desafios e ameaças, que os pistoleiros repetiam entre si, desafiando os pistoleiros da frente. Aquele espetáculo dos dois grupos, aparentemente enfurecidos, acabou prendendo a atenção de todo mundo, à espera da explosão entre aqueles sujeitos que não perdiam a oportunidade de exibir valentia.

Teve muita gente que não demorou a abandonar a rinha, com medo de que aquilo tudo terminasse em tiroteio. Mas não aconteceu nada. Quando a briga de galos acabou, os dois políticos saíram da praça. Encontraram-se na porta. E ali mesmo os dois se deram os braços e logo depois foram vistos bebendo junto com as cantoras, com os pistoleiros — que pareciam ter esquecido suas más intenções — e com o prefeito do povoado, como se todos estivessem celebrando um encontro feliz.

MAS, VOLTANDO A DIONISIO PINZÓN, foi naquela mesma noite que sua sorte mudou. A última briga de galos acabou virando seu destino pelo avesso.

A briga foi de um galo branco de Chicontepec contra um galo dourado de Chihuahua. As apostas eram fortes e houve quem desse lance de cinco mil pesos, e até mais, de vantagem para o galo de Chihuahua.

O galo branco se mostrou valente. Aceitou a briga assim que foi encarado; mas, quando foi solto na raia, se encolheu num canto, diante das primeiras investidas do dourado. E ficou ali, de cabeça baixa e com as asas murchas, como se estivesse doente. Mesmo assim, o dourado foi até lá procurar briga, a crista encrespada e as canelas pisando forte a cada passo que dava ao redor do fujão. O branco se encolheu ainda mais, mostrando sua covardia e, acima de tudo, suas intenções de fugir. Mas, quando se viu cercado pelo de Chihuahua, deu um salto, tratando de se livrar do ataque, e foi cair justamente sobre o espinhaço do inimigo. Bateu as asas com força, para manter o equilíbrio, e finalmente conseguiu, ao querer escapar da armadilha, cortar com a navalha afiada do seu esporão uma asa do galo dourado.

O fino galo de Chihuahua, capenga, atacou o arrepiado sem misericórdia, e o branquelo se recolhia para o seu canto, a cada ataque, mas se valia de seu voo baixo quando era cercado. E assim uma e outra vez, até que, não conseguindo resistir ao dessangrar de sua ferida, o dourado cravou o bico no próprio corpo, jogando-se sobre o piso da rinha sem que o branco fizesse a menor tentativa de atacá-lo.

E foi assim que o animal covarde ganhou a briga, resultado que foi proclamado por Dionisio Pinzón com um grito:

— Foi curta essa briga! Perdeu o melhor! — E em seguida acrescentou: — Aaa-bram as portas...!

O dono do galo de Chihuahua recolheu seu galo, ferido de morte. Soprou-lhe o bico para descongestioná-lo e tentou fazer que o bicho se aguentasse em pé. Mas ao ver que tornava a cair, encolhido feito uma bola de penas, se resignou:

— O único jeito é matá-lo.

Já estava disposto a torcer-lhe o pescoço, quando Dionisio Pinzón se atreveu:

— Não mate o animal — disse. — Pode se curar e servir, nem que seja para cria.

O homem de Chihuahua riu e zombando jogou o galo para Dionisio Pinzón, como quem se livra de um trapo sujo. Dionisio conseguiu pegá-lo no ar, abrigou-o nos braços com cuidado, quase com ternura, e saiu da rinha.

Ao chegar em casa, fez um buraco no chão do barraco e, ajudado pela mãe, enterrou o galo, deixando só a cabeça de fora.

PASSARAM-SE OS DIAS. Dionisio Pinzón só se preocupava com o galo, que recebia todos os cuidados. Levava água e comida para ele, enfiava migalhas de tortilha e folhas de alfafa dentro do seu bico, esforçando-se para fazer o galo comer. Mas o animal não tinha fome, nem sede; parecia só querer morrer, mas Dionisio estava ali para impedir, vigiando-o constantemente, sem afastar seus olhos dos olhos semiadormecidos do galo enterrado.

Certa manhã, se deparou com a novidade de que o galo já não abria os olhos, e tinha o pescoço torcido, derrubado pelo seu próprio peso. Rapidamente, botou um caixote em cima da cova e desandou a bater nele com uma pedra, durante horas e horas.

Quando finalmente retirou o caixote, o galo olhava atarantado para ele, e pelo bico entreaberto entrava e saía o ar da ressurreição. Dionisio estendeu a tigelinha de água, e o galo bebeu; deu de comer massa de milho, que o galo engoliu em seguida.

Poucas horas depois, pastoreava o seu galo pelo curral. Aquele galo dourado, ainda sujo de terra, e que, apesar de volta e meia capengar por causa da falta de apoio da asa quebrada, dava mostras da sua fina condição, erguendo-se cheio de coragem diante da vida.

RAPIDAMENTE A ASA FERIDA CUROU. Apesar de ter ficado um pouco mais levantada do que a outra, o animal batia as duas com força, e esse bater era brusco e desafiante ao raiar do dia.

Foi nessa época que a mãe de Dionisio Pinzón morreu. Era como se tivesse trocado a sua vida pela vida do "asa torta", como acabou sendo chamado o galo dourado. Enquanto o galo estava entre a vida e a morte, a mãe foi-se dobrando até morrer, doente de miséria.

Muitos anos de privações, dias inteiros de fome, e nenhuma esperança aceleraram sua morte. Quando ele acreditou ter achado ânimo para lutar pelos dois, a mãe não tinha mais remédio, nem vontade para recuperar suas forças perdidas.

O fato é que ela morreu. E Dionisio Pinzón teve que providenciar o enterro sem ter nem com que comprar um caixão para enterrá-la.

Talvez tenha sido neste momento que ele odiou San Miguel del Milagro. E não só porque ninguém tenha estendido a mão, mas porque até zombaram dele. A verdade é que as pessoas riram da sua estranha figura, enquanto Dionisio ia pelo meio da rua carregando sobre os ombros uma espécie de gaiola feita com os pedaços de madeira apodrecida da porta de casa, e dentro dela, envolto em um xale, o cadáver da mãe.

Quem viu debochou, pensando que ele ia jogar fora algum animal morto.

Para arrematar a coisa, naquele mesmo dia, além da partida de sua mãe, foi preciso apregoar a fuga de Tomasa Leñero, a mocinha que ele gostaria de fazer sua mulher, se não fosse a sua pobreza:

— Tomasa Leñero — dizia. — Quatorze anos completos. Fugiu provavelmente no dia 24 deste mês, provavelmente com Miguel Tiscareño. Miguel, filho de pais falecidos. Tomasa, filha única de Dom Torcuato Leñero, que suplica saber em que lugar foi depositada.

Assim, com a sua dupla pena, Dionisio Pinzón foi de uma esquina a outra, até onde o povoado se desfazia em terrenos baldios, clamando seu pregão que, mais que proclamar, parecia um lamento.

Exausto de tanto caminhar, encostou-se numa pedra e, com a cara endurecida e com um gesto rancoroso, jurou para si mesmo que nem ele nem ninguém dos seus jamais tornariam a passar fome.

No dia seguinte, com as primeiras luzes, foi-se embora para não voltar mais. Só levava um pacote com seus trapos, e debaixo do braço, encolhido, protegido do vento e do frio, o galo dourado. Com aquele animalzinho largou-se mundo afora, para apostar a sua sorte.

SABIA, POR SEU TRATO COM OUTROS GALEIROS quando exercia o ofício de gritador de rinha, quando e onde havia boas brigas de galos. Assim, um dos primeiros lugares aonde chegou foi San Juan del Río. Pobre e esfarrapado e com o galo nos braços, chegou até a rinha só para se orientar e ver se achava algum padrinho que garantisse as apostas. Encontrou um; mas não para aquela tarde, pois todas as brigas já estavam marcadas.

Precisou esperar pelo dia seguinte, quando estariam livres as brigas das onze da manhã. Nessa espera, passou a noite na pensão, com seu galo amarrado nos pés do catre, sem fechar os olhos com medo de que roubassem o animal em que tinha posto todas as suas esperanças.

Gastou os poucos centavos que tinha para alimentar o galo, dando ao animal carne moída misturada com pimenta. Deu ao galo esse jantar, e foi esse o almoço do animal, assim que o dia amanheceu.

Quando começaram as brigas das onze da manhã lá estava ele, ao lado do homem que ia apadrinhá-lo — um desses apostadores profissionais, que no caso de "ganho" levaria oitenta por cento dos lucros, e no caso de "perda" daria adeus ao seu dinheiro, enquanto Dionisio Pinzón daria adeus ao seu galo. Assim fecharam o trato.

As brigas da manhã não atraíam os verdadeiros galeiros, e o público da rinha era feito de curiosos e olheiros que nunca arriscavam em apostas nem o que valiam os animais. Por isso mesmo, a maioria dos galos era de baixa linhagem.

Em todo caso, ganhava-se — quando se ganhava — alguma coisa. E Dionisio Pinzón ganhou. Seu galo não chegou a perder nem uma pena, e saiu com a lâmina de aço atada ao esporão ensanguentada até a bainha.

Então o apostador, ao entregar a ele os poucos pesos que lhe correspondiam, disse que seu galo era galo demais para enfrentar aquelas galinhas, e tratou de convencê-lo a apostar o bicho nas brigas principais, e disse que até reduziria seu ganho, afirmando que ele mesmo se encarregaria pessoalmente de encontrar adversário.

Dionisio aceitou, já que tinha ido até lá justamente para isso, provar seu galo, no qual tinha uma fé que nunca tinha tido em ninguém.

De tarde, a rinha era outra coisa. As mesas Imparcial, a de Assento e a do Contra estavam ocupadas por gente de muita categoria. No tablado que fazia as vezes de palco cantavam as cantoras, e em todos os pontos da praça repleta sentia-se um clima de animação e entusiasmo.

Quando chegou a vez de Dionisio Pinzón, pesaram o seu galo. Coberto, conforme exigira o adversário, que também escolheu as lâminas que seriam amarradas nos esporões, e até o amarrador. Dionisio percebeu que estava lidando com um galeiro que tirava vantagem de tudo, mas não teve outro remédio a não ser aceitar todas as condições, menos que alguém que não fosse ele soltasse o seu galo, pois não queria que machucassem seu animal. O outro concordou.

Finalmente, soltaram um galo retinto, quase negro, que começou a passear pela arena exibindo seu garbo, olhando para todos os lados como um touro saído do encerro à procura do adversário.

— Aaa-tenção — clamou o gritador. — San Juan del Río contra San Miguel del Milagro! Joguem limpo! Cem pesos!

— Jogo oitenta! Oitenta no colorido!

— Pago setenta! Setenta! Aposto em San Juan del Río!

Dionisio Pinzón tirou do saco de farinha seu galo dourado, meio entorpecido, e o pastoreou um minuto pela rinha.

As ofertas apertaram contra ele:

— Sessenta! Cinquenta! Lá vai: cem contra cinquenta!

Os corretores davam volta na praça, casando as apostas enquanto apregoavam:

— Cem contra cinquenta! Vamos ver essas apostas!

Dionisio Pinzón sorriu ao ver que as apostas a seu favor estavam despencando. Ouvia os gritos confusos daqueles que só apostavam no galo de San Juan del Río. Tentou localizar seu padrinho no meio do público; como não o viu, limitou-se a acariciar seu galo, penteando as suas plumas.

— Descubram os galos, senhores! — ordenou o juiz.

Foram tiradas as capas de couro das lâminas de aço atadas nos esporões. Os dois adversários colocaram seus galos na raia e, assim que receberam a ordem de soltar, soltaram. O outro ficou segurando na mão algumas penas que arrancou do seu animal na última hora, para irritá-lo, enquanto Dionisio Pinzón colocou o seu suavemente na rinha.

Fez-se silêncio.

Não se passaram nem três minutos quando uma exclamação de desalento se espalhou pelo público.

O galo retinto jazia no chão, de lado, esperneando sua agonia. O dourado o havia despachado de modo limpo, quase inexplicável, e ainda sacudia as asas e lançava um canto de desafio.

Dionisio ergueu-o antes que o galo se ferisse com sua própria e enorme lâmina. Foi até a mesa do Assento, atravessando a arena da rinha entre os assovios da pesarosa plateia, e entregou o esporão de metal aos juízes. Só recebeu palavras de apoio do varredor que entrou para limpar com uma vassoura o sangue do galo morto.

— Você tá com um galo pra enfrentar qualquer um, amigo.

— Sim... Ele sabe contestar — foi a resposta de Dionisio Pinzón, que saiu à procura do seu padrinho. Encontrou-o no bar.

— O senhor já recebeu as apostas?

— A verdade verdadeira é que vim antes, pra tomar um trago pra baixar a impressão. Pensei que seu galo não ia dar nem pra saída. E como é que eu ia cobrir as apostas?

— Tanta desconfiança o senhor tinha no meu animalzinho?

— É que nunca pensei que Dom Fulano, com quem acertei esse compromisso, fosse jogar em cima da gente seu pretinho, que para dizer a pura verdade era um assassino... Ele sempre guardava esse galo para as brigas de San Marcos... Sempre com ele, inteirinho.

— E, mesmo assim, pediu para levar vantagem.

— Pro senhor ver como são as coisas... Desse jeito, qualquer um se assusta. Ainda mais ao ver como se levantam as apostas contra a gente... Fiquei assustado, mas, enfim, cada um sabe de si.

— Mas a gente não ia pro "perde". Isso, o senhor sabia!

— Como é que eu podia saber? Por isso achei melhor me enfurnar aqui... Na dúvida.

— Quer dizer que eu ia me danar, no caso da gente ficar no ficar "perde"?

— Mais ou menos... Afinal das contas, você não tem muito o que perder. Eu, em compensação... É bom o senhor entender que eu vivo disso... Mas não adianta discutir. Vamos receber o que é nosso — disse-lhe o padrinho, enquanto servia o último trago.

Depois os dois foram até o depositário das apostas; mas já tinha começado uma nova briga e tiveram que esperar que ela terminasse.

Logo se ouviu a exclamação de "Viva Tequisquiapan!", lançada pelos partidários do galo vencedor, e imediatamente as cantoras se encarregaram de preencher o intervalo com as suas canções.

Dionisio Pinzón, enquanto esperava pelo regresso do seu padrinho, prestou atenção nelas, principalmente na que estava na frente e que ele tinha certeza de conhecer. Foi se aproximando até ficar ao pé do estrado e então olhou para ela à vontade, enquanto a mulher soltava os versos da sua canção:

Há duas noites sonhei que te amava,
como só se ama uma vez na vida;
despertei e era tudo mentira,
já nem lembro de ti...

— Tudo certo — disse o padrinho, mostrando o dinheiro recebido.

— Quem é essa que canta? Acho que vi essa mulher em algum lugar.

— Ela é La Caponera. Seu ofício é percorrer o mundo, por isso pode ser que você a tenha visto em qualquer lugar... Vamos embora!

... Se te quis, não foi que te quis
se te amei, não amei de fato
hoje, devolvo teu triste retrato
para não me lembrar mais de ti...

COM O DINHEIRO GANHO EM SAN JUAN DEL RÍO, deu para percorrer caminhos mais longos. Dionisio mergulhou pelos rumos de Zacatecas, onde sabia que apostavam pesado. O homem que havia sido seu padrinho convidou-se para ir junto, mas Dionisio Pinzón preferiu ir sozinho, pois o pouco tempo em que esteve com ele serviu para ver que, embora seus conselhos pudessem ser úteis, era um homem que procurava tirar vantagem apenas em seu próprio proveito. Dali para a frente, o que ganhasse seria só para ele.

Durante algum tempo, sabe Deus por que povoados andou; mas a verdade é que quando chegou a Aguascalientes, para a feira de San Marcos, seu galo ainda estava vivo, e Dionisio já se vestia de outro modo: de luto, como continuaria se vestindo o resto da vida.

Nunca antes havia ido a Aguascalientes. Estava animado pelos melhores propósitos, pois agora ia ver se o seu galo valia mesmo, diante dos finos animais que eram levados até lá, já que não eram admitidos, e assim rezava o regulamento, outros galos que os de Brava Linhagem ou Lei Suprema; uns eram chamados assim porque são os primeiros a atacar, e os de Lei Suprema, que são brigadores constantes, dão golpes decisivos e mostram coragem até os últimos instantes de vida.

Para isso ia Dionisio Pinzón: provar se contava com um galo desses ou se, ao contrário, caso se visse diante de um animal da sua mesma condição e ímpeto, seu galo ia "baixar a crista".

Inscreveu-o na "Mochiller" do segundo dia das brigas de galos. Chamam "Mochiller" o primeiro galo que disputa a aposta, e, para distingui-lo dos outros, a luta é aberta com maior quantidade de dinheiro.

Ali em Aguascalientes topou de novo com o padrinho de San Juan del Río. Desta vez, o homem parecia disposto a aconselhá-lo, pois não achava que Dionisio Pinzón fosse uma boa carta contra os verdadeiros e experientes galeiros da feira de San Marcos. E não era só isso: na primeira oportunidade que tiveram de se falar, o padrinho disse:

— Para você, o melhor seria estar perambulando pelos povoados com esse galo rabão, aqui vão te depenar.

— É que eu não tenho nada a perder. Não foi o que o senhor me disse?

— Os poucos milhares de pesos que você pode ter ganho nessas andanças... Além do mais, lembre-se de que a sorte não anda em lombo de burro.

— Por isso mesmo não quis andar com o senhor — disse Dionisio Pinzón. E se separaram para nunca mais.

Quando ainda troavam os aplausos do público da rinha para a atuação das cantoras, e depois que o gritador tinha anunciado o começo das brigas daquela tarde, Dionisio Pinzón viu-se encarando seu dourado contra um galo puva e driblador, e ouvia o volume das apostas; via como, pouco a pouco, iam se acumulando a favor do seu adversário, e apesar de os revides caírem a granel, talvez apostados por um público desinteressado ou desconhecedor, sentiu um pouco de medo. Quando notou que o soltador do galo adversário espertava o bicho, irritando-o com batidas na cabeça, sentiu que ia ganhar a briga: seu dourado, acostumado ao bom trato, sabia jogar limpo e abater com facilidade os valentões.

E assim foi. O outro fazia firulas, mas o dourado não se interessou pela cabeça movediça do adversário: ao contrário, procurava atacar de lado, esporão contra esporão, navalha contra navalha, dando saltos contra o peito e puxando-o com as patas, enquanto o outro corcoveava com a cabeça como um lutador de boxe quando está tentando fazer fintas, mas deixava o corpo quase quieto. Foi ali, na anca, que o dourado enterrou a navalha, tombando o rival, que ficou escarrapachado buscando onde cravar o bico.

— Golpe de Moça! — apregoou o proclamador. — Nochistlán perdeu! Todo mundo contente! Aaa-bram as portas!

... Na cadeia de Celaya
andei preso e sem delito,
por uma flor infeliz
bicada pelo meu passarinho;
mentira, não fiz nada
ela já tinha o seu buraquinho...

Aquela canção alvoroçada das cantoras, que rompeu o murmúrio e a tensão da rinha, teve um gostinho de glória para Dionisio Pinzón, que recolheu o seu galo salpicado de sangue, mas inteiro, e outra vez sem nenhuma ferida.

— EI, GALEIRO! — ouviu que o chamavam. Estava a ponto de jantar um frango caipira numa das bancas da feira. Já havia guardado bem abrigado seu animal e depois passeado um pouco, bisbilhotando aqui e acolá entre os espetáculos da feira. Agora estava ali, esperando que lhe servissem o jantar.

Virou a cabeça e viu um vaqueiro imponente, que o olhava lá do alto do seu tamanho.

— É comigo? — perguntou Dionisio Pinzón.

— Quanto quer pelo seu galo?

— Não está para ser negociado.

— Dou mil pesos, mas não diga a ninguém que me vendeu.

— Não vendo.

O vaqueirão aproximou-se de Dionisio Pinzón e estendeu a mão num gesto de apresentação. No momento em que ele se aproximou da luz, Dionisio viu que junto com ele vinha La Caponera, a moça bonita que cantava na rinha.

— Sou Lorenzo Benavides. Você nunca ouviu falar de Dom Lorenzo Benavides? Pois bem, sou eu. E sou também o dono do galo ferido hoje à tarde pelo seu animal. Ofereço mil e quinhentos pesos por ele com a única condição de que você não conte a ninguém que me vendeu...

— Já disse que não está à venda.

— E tem mais — continuou dizendo o tal de Lorenzo Benavides, sem ligar para a resposta de Dionisio Pinzón —, dou, além dos dois mil pesos, dois outros galos, amarelos como o seu. Bem finos. Nas suas mãos... E, juro por Deus, acredito que o senhor tem boa mão!, esses galos podem chegar a dar capote onde quer que os leve... E tem mais ainda...

— Não, não estou interessado. Vocês querem sentar para jantar?

— Como é?

— Se vocês não querem comer um franguinho...

— Não, obrigado. Eu nunca comi frango... E ainda mais em temporada de brigas de galos... Quer dizer que você não quer arriscar e fechar o negócio? Olhe aqui, galeiro — disse o recém-chegado, ficando sério. — Ouça bem. Você não vai poder apostar de novo esse animalzinho aqui. Todo mundo já conhece o jeito dele, conhece o seu jogo. Se você insistir, vão mandar alguém dar nele um golpe de misericórdia nos primeiros lances... E tem mais...

— Por enquanto, não estou pensando em pôr o galo em outra.

— ... Tem mais, como eu ia dizendo: isso, se for você quem puser o galo na rinha. Mas, sendo eu, esse galo estará amanhã mesmo na rinha, com vantagem de três a dois e até de cinco a um. Isso, se pensarem que o galo era da minha cria. Se não for assim... Eu mesmo tenho galo capaz de enfrentar o seu. Você vai ver.

— Aceite o trato, galeiro. É melhor para você — interrompeu La Caponera, que estava havia algum tempo sentada diante de Dionisio Pinzón. — O senhor não está vendo o trato que Dom Lorenzo está propondo?

— Entendo; mas é que eu não gosto de tretas.

Ela riu uma risada sonora. Depois continuou:

— Dá para ver, a léguas, que o senhor não sabe nada desses assuntos. Quando for mais matreiro, vai ver que nos galos vale tudo...

— Pois eu ganhei com legalidade. E... com licença — disse Dionisio Pinzón, parecendo ofendido, dedicando-se a engolir o seu frango caipira e dando aquela discussão por terminada.

La Caponera sacudiu os ombros. Levantou-se da mesa e foi com Lorenzo Benavides sentar-se um pouco além, não muito longe dele.

— O que você toma, Bernarda? — ouviu que o tal Benavides perguntava à mulher.

— Por enquanto, que nos tragam cervejas, não é?

— E que tal se pedimos antes um *mezcal* para ajudar a cerveja a cair bem?

— Acho muito bom.

O garçom se aproximou, Lorenzo pediu uma garrafa de *mezcal*.

Lá do seu canto, enquanto dava cabo do seu jantar, Dionisio Pinzón os observava. Olhava principalmente a mulher — linda mulher! — que tomava um *mezcal* atrás do outro, ria e voltava a rir com grandes gargalhadas enquanto Lorenzo Benavides falava com ela. E nesse meio-tempo, do lado de cá, Pinzón examinava o brilho alegre dos seus olhos, emoldurados por aquela cara extraordinariamente bela. Pela forma de seus braços e seios, cobertos por um xale branco, podia-se supor que tinha também um belo corpo. A blusa era decotada, e havia uma saia preta estampada com grandes tulipas vermelhas.

Dionisio comia sem tirar os olhos da mulher, que havia apoiado o acordo proposto por Lorenzo Benavides, que, pela aparência, devia ser um galeiro famoso.

Dionisio acabou de jantar e se levantou. Antes de ir embora fez um leve aceno de despedida aos ocupantes da mesa vizinha, mas o casal parecia não vê-lo. O homem estava mergulhado numa conversa, talvez tratando de convencer a mulher de alguma coisa. E ela não tirava os olhos dele, um olhar já meio vidrado, por causa do *mezcal* que continuava bebendo sem parar.

DOIS MESES DEPOIS, mataram seu galo dourado em Tlaquepaque.

Assim que foi aberta a sessão, percebeu que enfrentava um rival disposto a matar. Era um belo animal. Um galo giro, finíssimo, com uma crista imensa e espessa, e principalmente um olhar de águia, uns olhos avermelhados de ódio, que com certeza não se aplacaria até ver morto o pobre galo dourado.

Ao colocá-los frente a frente, o outro foi tão rápido no ataque, que Dionisio Pinzón não teve tempo de livrar seu galo, que começou a sangrar na crista, como consequência das violentas e sanguinárias bicadas que o galo giro disparou em uns poucos segundos.

— Dou cem por cinquenta! Vou no giro! — diziam os apostadores. E, como eco, os puxadores de aposta repetiam:

— Cem por cinquenta! Joguem pesado! Apostem, senhores! Cem por cinquenta! Quem dá mais no giro?

— Pago quarenta! Vou cem por quarenta!

O sangue da crista começou a cair nas narinas do dourado, que sufocou. Dionisio Pinzón limpou sua cabeça, soprou o bico para desafogá-lo. Pegou terra do chão e esfregou-a na crista do seu animal para conter a hemorragia e, coisa que nunca tinha feito antes, começou a atiçá-lo arrancando penas do rabo para encorajá-lo. Assim, quando soou o grito de "Soltem seus galos, senhores!", o dourado, enfurecido, não caiu suavemente na raia. Pareceu fugir das mãos de Dionisio Pinzón e foi trombar com o giro, que o deteve em seco com um salto de meio voo, enfiando as patas na frente do dourado. Depois, agarrou-o com o bico. Deu-lhe uma sacudida, para em seguida, após umas quantas fintas e batidas de asas, cair em cima dele, destroçando sua cabeça com o bico, enquanto afundava o punhal do seu esporão no peito do pobre galo dourado, que caiu com as patas para cima, lançando navalhadas ao nada; mas já nos últimos estertores.

— Levantem seus galos, senhores!

Por costume e por lei, o juiz dispôs que se fizesse a prova. Dionisio ergueu seu galo e o aproximou do giro, que voltava a bicar com fúria a crista arroxeada do dourado, que, como todo mundo podia ver, estava bem morto.

DIONISIO PINZÓN abandonou a praça levando nas mãos algumas penas do galo e uma lembrança do sangue. Lá fora, o rugido dos gritos da festa, das diversões, o anúncio dos espetáculos nas barracas, o pregão dos sorteios das loterias, da roleta, as vozes surdas dos leitores do destino e dos jogadores de dados e as vozes ladinas dos que convidavam os curiosos para que vissem onde havia ficado a bolinha. Até ele chegavam ainda o rumor da rinha, o fedor da fumaça e do álcool que superava o cheiro do sangue regado no chão e o dos galos mortos, desossados, pendurados numa vara. Ouvia também os gritos de um público frenético, que clamava: "Esse é frouxo! Está abobado! Viva Quitupan!", e que por sua vez apagava a dupla voz das cantoras e o ruído vazio do contrabaixo. Tudo misturado à confusa gritaria dos vendedores, jogadores e dos músicos ambulantes.

O traque-traque dos dados num copinho de couro e o seu rodar sobre o feltro verde trouxeram Dionisio de volta à realidade. Lá da rinha voltara o silêncio, depois do intervalo entre a sua luta e a que agora acontecia.

Andou uns poucos passos e parou na frente da mesa do baralho.

— Não embaralhe desse jeito, porque dá para ver a carta de cima! — ouviu de um dos que se agrupavam na frente de uma das mesas.

Dionisio Pinzón ficou ali um tempo, sem pensar em nada, só olhando. Tinha sobrado pouco dinheiro, dava para jantar e pagar a pensão daquela noite, pois seu galo, ao morrer, havia levado tudo que o mesmo bichinho tinha dado ao ganhar nos meses anteriores. Na verdade verdadeira, não sabia o que fazer nem para onde ir; por isso ficou ali olhando, apostando tudo nas cartas que o encarregado de cortar o baralho espalhava sobre o feltro e, na sua cabeça, ia ganhando e perdendo. Enfim, se decidiu. Tirou do fundo da algibeira o dinheiro que sobrava e apostou numa dama de ouros que estava emparelhada com um ás de copas.

— Gosto de ouros — disse, e acomodou um a um seus pesos sobre a carta do naipe.

O que apostava abriu, devagar, lentamente, a carta da vez. O que distribuía e abria cada carta levantava o baralho:

— Sete de copas — dizia. — Dois de ouros. Cinco de paus. Rei de paus. Quatro de espadas. Valete de ouros. E... Ás de paus — continuou, abrindo as cartas restantes e cantando rapidamente: — dois, cinco, três, dama, dama. Por pouco, ganhava, senhor.

Dionisio Pinzón viu como recolhiam o seu dinheiro. Ficou meio de lado para dar lugar a outros, enquanto o banqueiro apregoava:

— Na próxima a sorte vai ser sua! Fiquem à vontade, senhores! O jogo está aberto!

Não quis ir logo embora para não parecer que fugia. Quando finalmente resolveu ir, deu de cara com a figura reluzente de La Caponera, com seu vestido rodado floreado de amapolas, e o xale cruzado no peito.

Tirou do regaço um lenço vermelho, onde havia embrulhado um punhado de pesos, estendeu-o para Dionisio:

— Escuta aqui, galeiro, quero que você jogue esses centavos no seis de paus, que está perto do valete de ouros.

— E para que tanta pressa, Dona Bernarda?... Hoje, estou com a sorte atravessada. A senhora viu. Ou será que está com muita vontade de perder o seu dinheiro?

— Eu sei até onde ir. Jogue para mim!

— Lá vou eu, mas será por sua conta e risco... Eu bem que preferia o valete.

— Pois, então, aposte no valete. Se você quiser, digo...

Dionisio Pinzón olhou para ela, tratando de adivinhar as intenções das suas palavras, e, sem deixar de ver o sorriso malicioso da mulher, soltou com cuidado o pacotinho, cobrindo a carta do seis de paus.

— Quero só deixar claro que eu não sou o responsável.

— Sem pressa, galeiro... Vai com calma.

Começou o jogo, e na terceira carta apareceu o seis de ouros.

— Ganha o seis da "velha"! — gritou o que dava as cartas.

O que bancava a aposta desatou o nó do lenço. Contou o dinheiro que escondia ali e pagou o equivalente a uma vez e meia.

— Ali vai o ganho da "velha" — disse.

— Junta tudo! — La Caponera indicou a Pinzón. Ele recolheu o montão de pesos, e sem tocar no que estava dentro do lenço embrulhou tudo e devolveu a La Caponera, que o fez desaparecer entre os seios.

— Agora vamos aos galos, para ver se por acaso você se recupera — disse ela.

— Não quero jogar com dinheiro alheio.

— O meu dinheiro está aqui — disse La Caponera, apertando o peito. — Então, não se preocupe... Aliás, depois das brigas de galos quero falar com você.

O sorriso malicioso da mulher tornou a aparecer. Em seguida, acrescentou:

— Eu, e um certo senhor.

Os dois se dirigiram à rinha. Antes de entrar, ele a deteve para perguntar:

— Diga uma coisa, Dona Bernarda: a senhora tem algum acordo com o homem das cartas? Eu vi muito bem o valete, quando o homem cortou as cartas. Estava bem em cima.

— Nunca fique no que estiver vendo. Esses jogadores têm cartas envenenadas.

E, sem falar mais, os dois entraram na praça dos galos.

Enquanto Dionisio Pinzón buscava um assento vazio, ela subiu ao estrado e começou a cantar:

Bela flor da pitomba,
branca flor do meu jardim,
orgulho tenho de mim,
por onde eu ando, quem anda?
e, mesmo que você me veja indo,
meu coração tá te pedindo.

O pássaro pica-pau
para trabalhar se abaixa,
mas, quando encontra a madeira,
logo o bico ele encaixa.
Eu também sou carpinteiro,
quando estou com a minha amada.

Ai!, que me dói a anca!
Ai!, que me aperta o cinto!
Você vai ver que eu pulo essa cerca,
para ver se com o salto me incho
Pois, havendo tanta potranca,
só pela minha relincho...

Sou um gavião lá do monte
com as asas avermelhadas;
Não me assusto com o sonho
nem gosto de virar noites
conversando com minha amada;
mesmo que me matem a punhaladas...

Foi pois em Tlaquepaque que ele de verdade conheceu Bernarda Cutiño. Embora a tivesse visto muitas vezes e contemplado com uma calada admiração, achava que, para ela, ele era um nada, e por isso nem procurava contato nem mesmo pensava na sua amizade. E, se em Aguascalientes teve oportunidade de até receber seus conselhos, nem por isso sentiu que poderia chegar a merecê-la; ao contrário, achou que não valia seus favores.

A tal de Bernarda Cutiño era uma cantora de fama imensa, de muita garra e muita fibra, e, do mesmo jeito que cantava, era de muito alvoroçar, mas não facilitava para ninguém, pois quem se metesse com ela além da conta era bronca na certa. Forte, bonita e dura na queda e dona de um gênio instável, sabia entregar sua amizade a quem se mostrasse amigo. Tinha olhos relampejantes, sempre úmidos, e voz rouca. Seu corpo era ágil, firme, e quando levantava os braços os seios pareciam querer arrebentar o sutiã. Usava saias amplas de percal estampado, de cores berrantes e cheias de pregas, um xale de seda e flores nas tranças do cabelo. No pescoço, pendurava colares de coral e de contas coloridas; tinha os braços cobertos de pulseiras e nas orelhas grandes brincos ou enormes argolas de ouro. Mulher de temperamento forte, aonde quer que fosse levava o seu jeito alegre, e era boa para cantar corridos e canções antigas.

Contava-se que desde pequena andara circulando pelos povoados acompanhando a mãe, uma pobre peregrina de feira, até que, com a morte da mãe no incêndio da barraca, ela teve que se arrumar sozinha, unindo-se a um grupo de músicos ambulantes, desses que vão pelos caminhos contando com o que a Providência quiser lhes dar.

La Caponera havia falado de um outro "senhor", que não era senão o mesmo Lorenzo Benavides que tentara comprar seu galo em Aguascalientes.

Enquanto os três se acomodavam num banco comprido diante de uma mesa cheia de molhos e pratos com cebola, limões e orégano, e aguardavam que chegassem as cervejas pedidas, Lorenzo foi logo dizendo:

— Olha, Pinzón, este joguinho de galos tem seus truques. Você pode ficar rico, ou ir para o diabo com todo o seu dinheiro. Se tivesse ouvido o que dissemos a você em Aguascalientes, não teria acontecido o que aconteceu.

— É que chegou a vez do meu galo. A luta foi legal, eu vi.

— Você pode me dizer então por que o seu galo estava troncho? Deu para ver logo de saída. Deixaram o seu galo amedrontado, foi isso o que aconteceu.

— E quem é que ia querer me dar esse prejuízo? Eu não me separei do meu galo nem um instante.

— Pode ter sido na hora de pesar: o homem que soltou seu galo na rinha talvez fosse um soltador diligente, desses que têm os dedos ágeis, e pode ter enfiado a unha no galo, sem que você percebesse... Tem gente disposta a qualquer coisa.

— Mas o animal se portou com valentia. Se estivesse quebrado, não entraria na briga.

— É que era um galo de boa condição. Mas isso não quer dizer que não estivesse quebrado. Eu vi.

Trouxeram as cervejas e umas caçarolas fumegantes. Mas Dionisio Pinzón afastou a sua cerveja.

— O que foi, prefere alguma coisa mais forte? Aqui tem aguardente, e das boas — disse Benavides.

— Não. É que não costumo beber — respondeu Dionisio Pinzón.

— Bom, melhor ainda para os nossos planos. Olha, eu ia dizendo, ainda há pouco, que neste assunto dos galos um homem sozinho não consegue fazer nada. Precisa participar com os outros. Senão, acaba sendo pisado. Olha só para mim, estou bem rico, e devo tudo a esses bichinhos. É verdade. Mas também por ter boa amizade com outros galeiros; são combinações, mutretas se você quiser; mas nada de enfrentá-los como você fez.

— O que o senhor está querendo com tudo isso, se é que se pode saber? Eu perdi, e agora me retiro.

— E o que é que você vai fazer? Vai vender comida? Não, amigo Pinzón, não. Você já se enredou na coisa, e não vai se retirar das rinhas.

— Eu não tenho nada que me detenha. Nem galo, nem dinheiro... E para ficar olhando já tem gente de sobra, vou é voltar para o meu povoado.

— E o que você fazia lá, se não é perguntar demais?

— Trabalhava... Vivia.

— Você vivia morto de fome, isso sim. Sei medir as pessoas só de botar o olho em cima. E você é desses, perdoe-me a franqueza, desses que não querem pegar no trabalho pesado... Não, Pinzón, você é como eu. O trabalho não foi feito para nós, por isso procuramos um ofício mais levezinho. E pode haver algum melhor do que este do jogo, em que sentados esperamos que a sorte nos sustente?

— Pode até ser que o senhor tenha razão. Mas, repito: a que vem tudo isto?

— Vou chegar lá...

Nesse momento chegou o garçom com mais uma bandeja de cerveja e recolheu o prato vazio de Dionisio, pois enquanto eles conversavam Bernarda Cutiño liquidava as cervejas, Pinzón comia e Benavides falava. Não é preciso dizer que Bernarda Cutiño bebeu sozinha todas as cervejas e que agora enchia novamente o copo e que seus olhos mostravam o olhar semiadormecido que o álcool produz. Por isso, quando entrou na conversa, sua voz saía aos trancos:

— Lorenzo — disse. — Deixa eu explicar aqui ao meu amigo. Você, para variar, fala e fala e não chega a nenhum lugar.

— Então diga.

E ela começou a falar.

— Lorenzo quer fazer um acordo pelo resto da temporada. Você registra os galos dele no seu nome, e trabalha como soltador. O trato é você fazer tudo que ele disser. Como você vê, é uma espécie de mutreta: se o negócio for quebrar as costelas do galo antes de soltá-lo, pois vamos quebrar costelas... São coisas que todo mundo faz, então ele não está pedindo nada do outro mundo.

— Mas, por que logo eu, se tem tanto amarrador por aí que pode fazer isso?

— Ora, pela mesma razão de sempre, porque é preciso escolher alguém, é ou não é?

— E estão achando que encontraram o idiota da vez, não é?

Ela esvaziou o copo de cerveja antes de responder:

— Não, Pinzón, a coisa não é contra você... Veja bem: se não me engano, um desconhecido... um desses aventureiros que se metem na rinha sem saber para quê...

Dionisio fez como se fosse se levantar e deixar aquela mulher falando sozinha, pois dava claramente para ver que as cervejas haviam subido e que isso a animava a soltar aquelas frases duras, quase ofensivas. Mas ela o segurou pelo braço e obrigou-o a se sentar, mudando a expressão do rosto e sorrindo para ele com os olhos:

— Deixa eu terminar — disse. — Eu estava dizendo que pouca gente conhece você, e que nem o levam em consideração. Isso já é uma vantagem. O negócio, então, é que você solte os galos de Lorenzo como se fossem seus, para desorientar os apostadores. Você entende, não é? Não, não me entende.

— Para falar a verdade sincera, não consegui entender direito.

— Tem mais — interrompeu Lorenzo Benavides. — Amanhã, vou levar você para ver minha criação de galos e vou dizer qual vai contra qual, para que você saiba se vai levá-los para perder ou para ganhar. Não se preocupe com os resultados, porque eu estarei apostando de acordo com as minhas conveniências. Pense nisso esta noite, que amanhã cedinho a gente se fala.

Os dois se despediram dele. E no dia seguinte Pinzón tinha fechado um trato que ia dar a ele muito ganho sem arriscar nada. Era uma combinação semelhante àquela oferecida em Aguascalientes, que ele não aceitou, mais por não conhecer as artimanhas dos jogadores de alto coturno do que por honradez. Soube então que, no negócio dos galos, nem sempre ganha o melhor ou o mais valente, mas que, apesar das leis, os soltadores estão cheios de manhas e prontos para fazer trapaças com muita dissimulação.

Agora ia pôr frente a frente galos de uma mesma criação, mas sabendo por antecipação qual estava com a vantagem. Eram todos galos finos, altivos e assoberbados, embora para cada um houvesse um outro igual. Todos entrariam em brigas arranjadas, seguras e, além disso, ganhas, se não na rinha, no terreno das apostas. Lorenzo Benavides, ao apostar forte, obrigaria quem estivesse prestando atenção a correr atrás, indo aonde ele ia ou contra o que ele ia, pois ninguém duvidava de seus conhecimentos quando a questão era os galos.

E assim foi.

Na primeira tarde, dos três galos que entraram na rinha, Dionisio Pinzón só levantou um vivo. Na segunda tarde, deu capote nas três brigas. Descansou um dia, para voltar à rinha no quarto dia, quando deu para ver que os seus animais não serviam nem para galos de galinheiro, pois ficaram todos pendurados no varal onde se costuma deixar que os galos mortos gotejem seu último sangue. No quinto dia, que era o último do compromisso, transformou a rinha em depenadouro ao ganhar a aposta acumulada com um galo cego, mas que assestava golpes precisamente feito bengala de cego num galo pesado e medroso, que ostentava o pomposo nome de Santa Gertrudis. As apostas contra o cego baixaram de mil a setecentos e mais tarde, de vários milhares a um mil.

Com o grito de enganação a rinha se converteu num verdadeiro clamor de insatisfação e protestos. Mas o juiz havia ditado seu veredito, e o proclamador voltou a repetir:

— Acabou! Perde o grande Santa Gertrudis!

Alguns, que tinham achado que a luta seria fácil, apostaram até a roupa do corpo e, se tivessem trazido a mulher, ela seria apostada contra o galo cego.

Esparramados em vários degraus da rinha estavam os apostadores de Lorenzo Benavides, com cara de resignação e ar de perdedor; mas aguentando os oitenta, oitocentos, os mil contra os mil e quinhentos. E Lorenzo estático, parecendo indiferente, como se o resultado não interessasse, nem o apoio que a maioria dava ao seu galo. Enquanto isso, Dionisio Pinzón, com o animal repleto de cataratas, fazia como se não escutasse os gritos de Põe óculos nele! Leva ele para o matadouro! Mostra a saída para ele!

Quando Pinzón fez os últimos preparativos para o galo entrar na rinha, aumentou a gritaria do público, pois o galo, ao sentir a presença do inimigo, deu bicadas no vazio. Mas, ao ser solto e tomar contato com o frangão de mais de quatro quilos, o cego atacou com uma fúria endemoniada e, talvez até pelo cheiro, não se separou do corpo emplumado, que fez virar farrapo com o punhal do seu esporão. E, até quando o outro desmoronou ferido de morte, o cego continuou dando golpes com as asas, com o bico, e lançando navalhadas fulminantes.

Dionisio Pinzón moveu-se para levantar seu galo, que continuava em cima do inimigo morto, destroçando-o com furor; mas alguém do público, de chapelão e pistola, saltou na arena, e, antes de que Dionisio tivesse tempo de protegê-lo, arrebatou o galo de suas mãos, esmagou-o com furor, torceu-lhe o pescoço, fazendo-o dar voltas feito um cata-vento, e em seguida o arremessou sobre a multidão estupefata.

Como protesto pelo atropelo, Dionisio Pinzón pediu ao juiz permissão para desistir das outras lutas combinadas. O juiz concordou.

Um pouco mais tarde, junto com Lorenzo Benavides, que o havia convidado para passar uns dias em sua casa de Santa Gertrudis, festejou a façanha do galo cego. Os dois riram da seriedade com que haviam tomado as coisas.

As duas semanas que passou em Santa Gertrudis foram proveitosas. Aprendeu primeiro vendo, e mais tarde participando de um jogo de cartas um tanto complicado mas divertido, e que os distraiu do tédio daquele lugar tão isolado e solitário.

Dionisio Pinzón era hábil e assimilava facilmente qualquer jogo, o que mais tarde utilizou para os seus fins: acumular uma imensa riqueza. Mas naquela época continuava gostando mais dos galos, esses animaizinhos sedosos, suaves, de uma cor viva, e em pouco tempo conseguiu um bom lote. Deixou logo de ser aquele homem humilde que conhecemos em San Miguel del Milagro e que no começo, tendo como fortuna um único galo, mostrava-se inquieto e nervoso, com medo de perder, e que sempre apostava encomendando-se a Deus. Mas pouco a pouco seu sangue foi se alterando diante da luta feroz dos galos, como se o espesso e avermelhado líquido daqueles animais agonizantes o tornasse de pedra, convertendo-o num homem frio e calculista, seguro e confiante no destino da sua sorte.

Quando voltou a San Miguel del Milagro, era um homem diferente daquele que todos haviam conhecido. Chegou trazido pelas festas de San Miguel, só um ano e oito meses depois de ter abandonado o povoado decidido a não regressar nunca mais. Logo todos souberam que não vinha para a bendita celebração, mas para enterrar a mãe, que aliás já estava enterrada.

— Porém mal enterrada! — respondeu ele à observação do Prefeito. — E agora venho dar a ela um bom enterro, como minha mãe merece.

Trazia um caixão muito luxuoso, que encomendou especialmente em San Luis Potosí, forrado de cetim por dentro e de veludo roxo por fora, adornado com molduras de prata de lei.

— Quero pelo menos que, depois de morta, ela conheça o descanso e o conforto que não conseguiu ter em vida.

Mas nem o padre, nem o prefeito do povoado permitiram que ele abrisse a sepultura:

— Só depois de cinco anos — disseram os dois — você poderá exumar o cadáver da sua mãe. Antes, de jeito nenhum.

— Pois vai ser agora mesmo. Vim para isso... Nem que eu tenha que comprar a autoridade. Nem que tenha que pagar uma permissão — acrescentou olhando para o padre — de quem quer que seja.

E o teria feito, mas ao ir até o cemitério onde estava enterrada sua mãe, acompanhado por alguns peões armados de pá e picareta, não encontrou o lugar da sepultura: onde ele enterrara a mãe não existiam nem ao menos montículos, nem cruzes, só um campo coberto de mato.

Nos poucos dias em que esteve no povoado, deu para perceber desprezo pelo lugar. Ele se portava como um sujeito autoritário e fanfarrão. E, talvez para rememorar seus tempos não muito remotos, aproveitou a hora da festa para se exibir diante de todos, mas de um jeito diferente do de antes, agora ia à frente dos vaqueiros e da música parecendo que iria pagar todos os gastos da festança.

Como se isso fosse pouco, Pinzón não falou com ninguém, e tratou com evidente desprezo todos os que se aproximaram para cumprimentá-lo. Só se salvou Secundino Colmenero, com quem Pinzón manteve uma longa conversa, para convencê-lo a acompanhá-lo como capador e soltador dos seus galos.

O tal Colmenero, mesmo lamentando deixar para trás sua casa e os poucos pertences que lhe sobravam, optou finalmente por acompanhar Dionisio Pinzón, porque, para dizer a verdade, fazia mais de um ano que, depois de perder sua fortuna nas brigas de galos, não conseguira mais erguer a cabeça. E como agora surgia a oportunidade de se encarregar dos galos de Dionisio Pinzón, levando também a responsabilidade de pôr os galos na rinha, aceitou, pois gostava do ofício, e, sobretudo, iria ter, como se fossem seus, aqueles belos galos finos, que levaria de feira em feira.

E assim os dois abandonaram San Miguel del Milagro. O povoado ainda estava em festa, e desse jeito, entre o repicar dos sinos e as ruas adornadas de grinaldas, os dois foram rumo à ausência, levando à frente a estranha figura, feito uma cruz, formada pelo ataúde e o animal que o carregava.

Dionisio Pinzón e Secundino desapareceram de lá para não voltar mais.

Enquanto isso, La Caponera vivia aguardando a volta de Pinzón num povoado chamado Nochisstlán, onde se celebrava a festa tradicional. Ela, como sempre, tinha a missão de cobrir com suas canções o estrado da praça de galos, e por isso não pôde acompanhar Dionisio Pinzón a San Miguel del Milagro.

Que ela e ele tivessem se unido no difícil mundo das feiras havia sido decidido meses antes, quando tornaram a se encontrar num lugar chamado Cuquío.

Não tinham voltado a se ver desde os tais dias de Tlaquepaque, onde ele deixou seu galo dourado mas conseguiu a amizade e a aliança de Lorenzo Benavides, e a ajuda para erguer sua sorte. Dali para o alto, pois não apenas aprendeu muitas coisas do ofício, como obteve uma boa partida de galos e aumentou o ânimo para ir em frente.

Cuquío era um lugar pequeno, mas infestado de jogadores, trapaceiros, galeiros e gente que vivia poupando seu dinheirinho o ano inteiro para ir jogá-lo nas patas de algum animal ou nas cartas de algum baralho marcado. O povoado tinha tal fama para o esbanjamento que, além do lugar oficial dedicado às partidas, jogavam-se truco, pôquer, sete e meio e canastra em qualquer cantina, loja ou botequim, e até nos bancos da praça. E quando alguém caía morto, o que volta e meia acontecia, era em brigas provocadas pelo jogo, já que se bebia pouco.

Pois foi nesse povoado e nesse ambiente que Dionisio Pinzón e La Caponera tornaram a se encontrar.

Depois que prendeu seus galos nas estacas da rinha, pedindo a um pastor de confiança que cuidasse deles, Dionisio saiu para dar uma volta pelo povoado, não demorando para perceber que todo mundo estava ocupado com o baralho, girando ao redor dos jogadores ou participando das apostas, o que fazia com que, apesar da multidão que formigava por todos os lados, o silêncio parecesse dominar o povoado. Aproximou-se da grande jogatina, onde havia maior ruído e onde se ouviam os *mariachis*.

Lá estava La Caponera, cantando um corrido por cima da mesa da roleta, embora sua voz se ouvisse um pouco desvanecida por causa do rumor das pessoas e pelo fato de não ter como prender sua canção debaixo do caramanchão aberto aos quatro ventos.

Dionisio Pinzón esperou que ela terminasse e então se aproximou para cumprimentá-la. Gostaram de se ver; tanto, que ela estendeu carinhosamente os braços, e ele a reteve um bom tempo entre os seus.

— Com chuva boa, até tronco seco dá broto! — disse a mulher. E acrescentou: — Achei que já não ia mais ver você, galeiro.

— E o que há com você, Bernarda? Por que agora aqui, neste antro?

— Cheguei tarde e quando apareci encontrei a praça ocupada. E você?

— Tudo na mesma.

— Eu bem que dizia que você ia acabar gostando... Vamos, me ofereça um trago, pois aqui não dão água nem para o galo da paixão.

Foram para a cantina e pediram: para ele, uma groselha; para ela, uma meia garrafa de tequila.

— Veja só, Bernarda, tive o palpite que você estaria aqui em Cuquío. Esperava ver você lá nos galos.

— Você não me ouviu dizer que me passaram a perna? Foi essa indiazinha, a Lucrecia Salcedo. Mas não faz mal, tem pra todo mundo, enquanto não acabar.

— Pois eu acabo de vir da casa de Lorenzo Benavides. Ele não quis vir. Disse que isso aqui não era dos seus bebedouros.

— Não, não são, ele só vai aos grandes.

— Aliás, Bernarda, o que você é do Lorenzo Benavides?

— Mãe eu não sou, certo?

— Claro que não.

Ficaram um tempinho em silêncio. Pela cara dela resvalou uma lágrima redonda, brilhante como os olhos de onde tinha saído, como mais uma conta de vidro das que trazia enroladas no pescoço.

— Não quis ofender, Bernarda.

— Você acha que estou ofendida? Estou triste, é outra coisa — disse, limpando com as costas da mão sua lágrima e outra que começava a brotar.

— Você gostava dele?

— Ele é que gostava de mim. Mas tentava me amarrar. Queria me trancar em casa. E ninguém faz isso comigo... Eu simplesmente não aguento. Para quê? Para apodrecer em vida?

— Talvez fosse conveniente para você. A casa dele é enorme.

— É, mas tem paredes.

— E daí?

Como explicação, ela sacudiu os ombros. Virou o rosto para onde estavam os músicos e viu que um deles fazia sinais com o violão, chamando-a.

— Volto já — disse a Dionisio Pinzón. — Espere aqui.

Subiu ao tablado que servia de palco, e depois que os *mariachis* se lançaram com o chasqueado de seus violões ela soltou sua canção:

Os cadeados já estão fechados
Por não saber o homem viver;
mas não perco as esperanças
de em teus braços adormecer.
Ai, este meu destino tão desgraçado!
Que apaixonado me deixou.
Como dizias que me querias
e nunca nunca vais me esquecer,
não te abandono nem te desprezo,
nem outra hei de buscar.
Seriam conchinhas, seriam perolazinhas
que brilhavam lá no mar;
mas não perco as esperanças
de que em teus braços irás me ninar.

Voltou apagando o sorriso que havia oferecido em troca do aplauso do público. A roleta começou a girar entre os gritos insistentes dos crupiês, até que se ouviu o grito de "Não se aposta mais!" E, em seguida: "Negro quatro!" Ouvia-se o tilintar dos pesos ao longo da mesa bem apinhada de jogadores.

La Caponera voltou para o lado de Dionisio Pinzón. Bebeu um gole do copo quase intacto e seu corpo deu uma sacudida, talvez por causa da força do álcool.

— Droga, é álcool com água — comentou. — É sempre a mesma coisa nestes lugares. — Pegou o copo e jogou seu conteúdo no chão, com um gesto de desgosto. Parecia nervosa, incomodada, talvez por causa das perguntas de Dionisio Pinzón. Ele olhava fixamente para ela, com humildade, enquanto Bernarda acariciava os próprios braços com suas mãos repletas de pulseiras. Enquanto olhava para ela, Dionisio via que ela era bela demais para ele; que era dessas coisas que estão muito distantes para serem amadas. Assim, seu olhar foi variando da pura observação ao puro desejo, como se fosse a única coisa que estivesse a seu alcance: poder olhar e saboreá-la à vontade.

Mas eram olhares desses que penetram, e ela percebeu. Levantou os olhos e sustentou por um momento a mirada de Dionisio Pinzón. Em seguida baixou os olhos, como se contemplasse o copo vazio.

Disse:

— Preciso beber! Vamos para outro lugar, onde não sirvam gato por lebre.

Foi aí que Dionisio Pinzón chamou o garçom:

— Me traz uma garrafa de *mezcal*, fechada!

E, dirigindo-se à mulher:

— Deve ser a mesma coisa em qualquer lugar. É o negócio deles — fez uma pausa e acrescentou: — De trambique em trambique vamos indo, não é mesmo?

Ela com um sorriso disse o que ele havia acabado de dizer.

O copo tornou a ficar cheio, agora da garrafa que o garçom deixou sobre a mesa. Bernarda Cutiño provou e depois tomou um longo e ansioso gole. Pareceu reanimar-se.

— A que hora você acaba aqui? — perguntou Dionisio Pinzón.

— À meia-noite.

— Você não sabe como eu gostaria que me acompanhasse até os galos! Você é meu ímã para a boa sorte...

— Muitos homens já me disseram isso. Lorenzo Benavides, entre outros. Algo devo ter, porque o que está comigo não perde nunca.

— Não duvido. Eu mesmo já comprovei.

— Pois é. Todos me usaram. E depois...

Tornou a empinar outro trago de *mezcal*, enquanto ouvia o que Dionisio Pinzón dizia:

— Eu nunca vou abandonar você, Bernarda.

– Eu sei — respondeu ela.

Terminou o conteúdo do copo. Pegou a garrafa nas mãos e levantando-se, e fazendo um sinal para os músicos, disse:

— Vou levar isto para os meus rapazes. Mais tarde a gente se vê.

Ele viu como ela se afastava em direção ao estrado onde os *mariachis* a esperavam.

Pouco depois, Dionisio Pinzón estava no barracão onde havia deixado seus galos amarrados. Desatou um deles da estaca. Apalpou seu bucho. Revisou as asas e as canelas. Borrifou água em sua cabeça, pois, como fazia calor, o animal arfava. Tomou-o nos braços e, sem deixar de acariciar as costas do galo, passeou com ele pelo galpão, gesticulando e falando sozinho, e repetindo até cansar parte da conversa que tivera com Bernarda.

Ficou nisso um bom tempo. Até que ao se virar viu que o pastor encarregado de cuidar dos galos o olhava com curiosidade. Então pegou o seu animal com as duas mãos e foi com ele até a rinha, caminhando com passos largos.

Desde aquele dia Dionisio Pinzón e Bernarda Cutiño vagaram pelo mundo, de feira em feira, alternando as brigas de galos com a roleta e o baralho. Parecia que a união dele com La Caponera tinha acentuado a sorte e aumentado o ânimo de Dionisio, pois sempre parecia seguro no jogo, como se conhecesse antecipadamente o resultado.

Havia descoberto, e agora confirmava, que estando com ela perder era difícil, e por isso arriscava muito mais do que poderia pagar, desafiando o destino que sempre o favorecia.

Casou com La Caponera numa manhã qualquer, num povoado qualquer, fechando assim a promessa de não se separar dela nunca jamais.

Ela não queria o casamento; mas, no fundo, alguma coisa dizia que aquele homem não era como os outros, e, movida pela conveniência de associar-se com alguém, sobretudo com um fulano como Dionisio Pinzón, cheio de cobiça e de quem estava segura de que continuaria circulando com ela até que batessem as asas do último dos seus galos, Bernarda concordou em se casar, pois assim pelo menos teria em quem apoiar sua solitária vida.

Povoados, cidades, arraiais, percorreram de tudo. Ela, por gosto. Ele, impulsionado pela ambição; por um afã ilimitado de acumular riqueza.

UM DIA, PASSADO O TEMPO, Pinzón resolveu visitar seu velho amigo Lorenzo Benavides, a quem fazia muito que não via, pois ele se havia desterrado das feiras.

Chegaram uma tarde a Santa Gertrudis, e já então acompanhados pela sua filha, uma menina de dez anos. Encontraram o tal Benavides sentado numa cadeira de rodas, velho e desgastado. Apesar de tudo, os recebeu com grandes mostras de alegria. Beijou as duas mãos de Bernarda Cutiño e acariciou a filha como se fosse dele. Não tinha perdido a sua antiga personalidade, pois continuava altivo e dominante:

— Sei que vocês estão bem — disse a Dionisio Pinzón. — E fico contente em vê-los. Espero que não se aborreçam com a minha triste companhia nos dias que dure a sua visita.

— Não vamos demorar — respondeu La Caponera. — Estamos de passagem e só paramos para cumprimentá-lo.

— Pois é, Dom Lorenzo — disse Pinzón. — Estávamos devendo esta visita e muitas outras, mas o senhor sabe como a gente fica atarantado quando se tem o mundo como casa... Só não queremos que pense que o nosso esquecimento é ingratidão...

— O que vocês precisam é sossegar... Ficar tranquilos. Pois árvore que não forma raiz não cresce... Quanto à casa, ofereço-lhes a minha, agora e para sempre.

— Muito obrigado, Dom Lorenzo.

— E, falando de outra coisa, como é que vão você e o jogo? Acho que você se esqueceu dele.

— Não esqueci nada do que aprendi com o senhor.

— Então, fique até amanhã! Vai me servir de distração jogar uma partidinha esta noite.

E FICARAM.

Diante da mesa com tampo de mármore os dois distribuíam as cartas para continuar o jogo. Não muito longe deles, sentada na mesma poltrona de espaldar alto que ocupara ao chegar, Bernarda Cutiño os observava, com a filha adormecida no colo. Lorenzo Benavides dizia:

— Não gosto de jogar a dinheiro, que já pouco me sobra; mas tenho um ranchinho aqui perto. O que você diz?

— Um rancho? E para o senhor quanto ele vale nesse jogo?

— Bem. Já direi na hora em que você perder de quanto é a sua dívida. De acordo?

— Com o senhor, Dom Lorenzo, eu não tenho que discutir.

JOGARAM.

— O senhor perde, Dom Lorenzo. Que mais quer pôr no jogo?

— Esta casa — disse ele. — Contra o rancho e... digamos cinquenta mil pesos... Você não acha que vale isso?

— Como o senhor quiser. Afinal, estamos só conversando...

— Não, Pinzón. É pra valer. Sei que você não pode ganhar de mim.

— Então vamos lá.

— Corta! — disse Lorenzo Benavides, depois de embaralhar as cartas.

Dionisio Pinzón distribuiu pela mesa vários fragmentos do baralho, dos quais Benavides pegou um e perguntou:

— Cartas?

— Não.

Benavides anunciou, como se não estivesse evidente:

— Par de seis e de damas.

Dionisio Pinzón, lembrando que as damas eram cartas ruins para ele, abriu seu jogo.

— Quadra de oitos.

— A casa é sua — disse secamente Lorenzo Benavides.

— Dou-lhe a revanche, Dom Lorenzo... O senhor peça cartas.

— Revanche contra o quê? Contra mim mesmo? — disse afastando-se da mesa e mostrando sua invalidez. — Diga uma coisa, você poderia pagar o equivalente?

— É que não vou aceitar a casa. O senhor sabe disso... Pensei que jogávamos só para nos divertir... Além disso, posso dizer que devo ao senhor tudo que tenho.

— Divertir-nos? Se você tivesse perdido, veria que tipo de diversão eu lhe daria... Não, Pinzón. Nem meu pai chegou a me perdoar jamais uma dívida de jogo... E essa história de que tudo o que você tem deve a mim, está equivocado. Olhe...

Aproximou-se com a cadeira de rodas até Bernarda Cutiño, que o olhava de modo interrogante, desenhando um sorriso nos lábios; mas inesperadamente Lorenzo lhe deu, furioso, uma tremenda bofetada que apagou o sorriso e provocou nela um sobressalto, enquanto ele gritava na sua cara:

— É a esta bruxa imunda que você deve tudo.

Depois disso, com os olhos ainda injetados de ódio e armando com a boca uma careta iracunda, afastou-se da sala escura, dando maior velocidade à sua cadeira de inválido.

Dionisio Pinzón, sem se alterar, embaralhou e tornou a embaralhar as cartas abandonadas...

O TEMPO DEIXOU OS ANOS PASSAREM. Era na mesma casa de Santa Gertrudis e no mesmo lugar. Dionisio Pinzón, como se não houvesse mudado seu gesto de anos atrás, embaralhava. Diante dele e ao redor de uma mesa coberta com pano verde, uma roda de senhores esperavam cartas. Os oito baralhos eram misturados, cortados e novamente cortados até começar a distribuição.

Logo atrás dele estava La Caponera, como se também ela não tivesse se mexido do lugar. Sentada na mesma poltrona, mal escondida na penumbra da sala, parecia mais um símbolo do que um ser vivo. Mas era ela. E sua obrigação era estar sempre ali para sempre. Embora mostrasse um colar de pérolas no lugar das contas coloridas, que se destacava sobre o fundo preto do vestido, e suas mãos estivessem cobertas de brilhantes, não estava satisfeita. Nunca esteve.

Eram frequentes as discussões entre ela e o marido. Discussões azedas, amargas, nas quais ela jogava na cara dele a escravidão em que vivia obrigada por ele.

No começo, e por causa do nascimento da filha, havia aceitado a prisão voluntária; mas, quando a filha começou a crescer, se fazendo menina e depois mulher, seus esforços deram contra a intransigência de Pinzón, que tinha e queria continuar tendo um lugar estável onde viver.

Ela, por sua vez, acostumada à liberdade e ao ambiente aberto das feiras, sentia-se abatida na desolação daquela casa imensa e languidescia de prostração. Pois era prostrada que Dionisio Pinzón a mantinha sempre, no canto daquela sala onde ela permanecia noite a noite vendo os jogadores, afastada do sol e da luz do dia, pois a jogatina terminava ao amanhecer e começava ao cair da tarde. E assim seus dias escureceram, e em vez de respirar ares diferentes aspirava fumaça e hálitos de álcool.

Antes que Dionisio Pinzón transformasse sua humildade em soberba, ela havia posto suas condições e imposto suas vontades. Mas, agora, sua voz já arranhada, mortas suas forças, não lhe restava outra coisa senão obedecer a uma vontade alheia e esquecer sua própria existência.

— Escute aqui, Dionisio — disse Bernarda quando ele propôs casamento —, estou acostumada assim: ninguém manda em mim. Por isso escolhi esta vida... E também sou eu quem escolhe os homens que quero, e os deixo quando me dá vontade de deixar. Você não é nem mais nem menos que os outros. Vou dizendo isso de saída, para você ficar sabendo.

— Está bem, Bernarda, será como você quiser.

— Não é isso. Eu preciso é de um homem. Não da sua proteção, pois sei me proteger sozinha; mas isso sim, um homem que saiba responder por mim e por ele diante de quem for... E que não se espante se eu der a ele uma vida ruim.

Mas na verdade foi ele quem deu vida ruim a ela. Assim que percebeu o poder que o dinheiro dava, mudou de comportamento. Sentiu-se superior e procurou demonstrar isso em todos os seus atos. E, mesmo quando ela lutou por todos os meios ao seu alcance para não perder sua liberdade e sua independência, não conseguiu e teve que se submeter. Mas lutou. Assim, quando Pinzón tentou estabelecer-se na casa de Santa Gertrudis, que ganhara de Lorenzo Benavides no jogo, ela já não amanheceu ao seu lado. Desapareceu levando a filha. Ele, acreditando num capricho passageiro, esperou em Santa Gertrudis que ela voltasse, pois calculou que, sem dinheiro e arrastando com ela a menina, Bernarda não poderia ir muito longe. Mas esqueceu que se tratava de La Caponera, uma mulher de muita fortaleza e determinação.

Ao mesmo tempo, convém dizer que aquela foi uma época cheia de dias negros na sorte de Pinzón, a tal ponto que não apenas o maldito jogo de cartas minguou sua riqueza, mas os próprios galos que Secundino Colmenero manejava à vontade, e com bastante conhecimento, foram desaparecendo um a um, esfumados por um destino maligno.

Secundino Colmenero apareceu em Santa Gertrudis depois de várias turnês por diversas rinhas, dizendo que haviam matado duas dúzias dos seus melhores animais, mesmo em praças conhecidas pela baixa linhagem dos galos que brigavam. Além disso, contou que nos seus galpões só haviam sobrado galos ruins, galos já queimados e velhos, que só serviam para esquentar os animais de combate. E que, para arrematar, o dinheiro tinha acabado, porque ele havia começado a apostar forte e desesperadamente em lutas que acreditava estarem ganhas. Não achava nenhuma explicação, pois, como dizia, ele próprio tinha pastoreado, amarrado e soltado os galos; mas, como terminou dizendo, contra o azar não se pode fazer nada.

Dionisio Pinzón não culpou Colmenero pelo fracasso, como não podia culpar-se a si mesmo. Perguntou-lhe por Bernarda. E Secundino respondeu que a tinha visto. A última vez, num lugar chamado Árbol Grande, não muito longe dali.

E que não só isso: em todas as ocasiões em que se encontraram, tinha falado com ela. Não, não dava para notar nela sinais de tristeza. Só que já não fazia mais parte das cantoras de brigas de galos, pois a voz começava a ficar cansada e difícil de se ouvir no ambiente de uma praça de brigas de galo. Agora, andava com os seus músicos em cantinas e botequins. Mas não, não dava para notar, de jeito nenhum, tristeza. E, entre outras coisas, ela disse uma vez que, se não fosse por sua filha, nem mesmo se lembraria de Dionisio Pinzón.

Dionisio Pinzón, calando seu orgulho, convencido de que sem Bernarda não reporia seu prejuízo e muito menos conseguiria a riqueza que tanto ambicionava, foi buscá-la. Árbol Grande não ficava longe, e ele chegou lá logo cedo no dia seguinte. Indagou em botequins e cantinas, até que os versos de uma canção e uma multidão agrupada nas portas de uma barraca o levaram direto para onde ela estava. Ao lado de Bernarda, e vestida como a mãe, estava a sua filha.

Dionisio esperou que ela terminasse de cantar e que as pessoas saíssem daquele local estreito e apinhado de gente para se aproximar. Conversaram ali mesmo.

— Você sabe que nasci para ser andarilha. E que só vou me apaziguar no dia em que jogarem terra em cima de mim.

— Achei que agora, tendo uma filha, você quisesse dar a ela outra vida.

— Ao contrário, eu gostaria de que ela seguisse meu destino, para não ter de dar satisfação a ninguém... Você me conhece pouco, Dionisio Pinzón! E tem mais: enquanto eu tiver forças para me mexer, não me resignarei a que me prendam.

— É sua última palavra?

— É a de sempre.

— Está bem, Bernarda, continuaremos juntos nessas condições. Vou fazer de tudo para que você volte às brigas de galos.

— Não, Dionisio. Ninguém me quer mais. Precisam de uma voz forte, e a minha já está se quebrando.

— Daqui a pouco não vão querer você em lugar nenhum.

— Aposte nisso!

— Sim. Vou confiar. Vamos!

E assim Dionisio Pinzón tornou a peregrinar pelos povoados com La Caponera. Ela, conseguindo canções aqui e acolá, acompanhada pelos seus rapazes do *mariachi*. Ele, passando da rinha à mesa de jogo e da mesa de jogo à rinha, tratando de se recuperar dos ganhos perdidos. De vez em quando voltavam a Santa Gertrudis, mas não ficavam mais do que uma ou duas semanas, para depois retomar o caminho.

ATÉ QUE CHEGOU PARA ELA O DIA FUNESTO. Os rapazes do *mariachi* a abandonaram. O negócio ia mal. La Caponera bebia muito e sua voz estava arranhada, quase rouca, e poucos se entusiasmavam ao ouvi-la. Por isso mesmo os músicos foram procurar outra cantora e não quiseram mais saber de Bernarda Cutiño.

Ela também não conseguiu convencer outros músicos mostrando a eles que sua filha também era boa para cantar, que por isso a tinha amadurecido, para que quando ela mesma murchasse tivesse em quem se renovar. Só que diziam que a mocinha ainda não estava no ponto, e, embora fosse boa, teriam que carregar a mãe, cuidar dela.

— Não, o negócio não dá pra manter a mãe da cantora — disseram a ela.

Foi então que Dionisio Pinzón impôs suas condições. Para começo de conversa, se trancaram no casarão de Santa Gertrudis. Ele agora tinha dinheiro outra vez, e converteu aquela casa em centro de reunião de jogadores empedernidos de vários tipos de jogo. Noite após noite a casa permanecia desperta, as luzes acesas, presenciando grupos de homens silenciosos, que se travavam no baralho ao redor das mesas.

Dom Dionisio, como agora o chamavam, tinha para seus convidados todas as comodidades, os melhores vinhos e a melhor cozinha, para que ninguém precisasse sair de Santa Gertrudis durante vários dias, algo que muitos aproveitavam.

Porém, quem mais aproveitava essa situação era ele, pois já estava cansado de correr na perseguição do dinheiro que ali caía aos montes, sem que ele precisasse sair para procurar. Além do mais, sua sorte era desmesurada e em pouco tempo ele se apoderou de várias propriedades, ganhas nas manhas do jogo e que nem preocupação nem vontade ele tinha de administrar, conformando-se com o que os arrendatários pagassem, e que já era suficiente. Nem por isso tinha se esquecido ou se desinteressado dos galos, dos quais ainda tinha uma verdadeira criação, sempre aos cuidados de Secundino Colmenero. De vez em quando organizava ou assistia a algumas brigas de galo, embora dedicasse mais tempo às cartas, nas quais, segundo ele, ganhava mais e mais rapidamente.

La Caponera havia se tornando uma mulher submissa e consumida. Já sem sua antiga força, resignou-se não só a permanecer feito encarcerada naquela casa, mas, transformada realmente em ímã da sorte, Dionisio Pinzón determinou que ficasse na sala dos jogadores, sempre perto dele, ou ao menos onde ele pudesse sentir sua presença.

No começo ela assistia às vigílias por gosto, para estar perto de outras pessoas e não se sentir desolada. Mas descobriu que não era nada divertido ficar contemplando aqueles homens em suas longas e cansativas jogatinas e decidiu não voltar. Porém Pinzón determinou de maneira violenta qual era seu lugar e o que tinha de fazer. Não se importava se, ali sozinha, sem ter com quem falar, ela dormisse ou ficasse acordada, revisando seu passado ou amaldiçoando seu presente.

Isto aconteceu porque, numa certa madrugada, Dionisio Pinzón começou a perder sistematicamente o que tinha ganho ao longo da noite, e algo mais. Argumentou que se sentia cansado, e culpou suas longas vigílias por não poder se concentrar no jogo. Seus companheiros decidiram dar a ele uma pausa para repousar, e quando ele regressou para continuar a partida todos notaram que junto a ele, oculta na penumbra, estava sentada Bernarda Cutiño.

Ninguém achou estranho, pois estavam habituados a vê-la muitas vezes ali. E como ela ficava quieta, como se dormisse, os presentes, absortos no jogo, logo esqueceram a mulher, ocupando-se de suas próprias preocupações, porque começaram a ver como o monte passava de novo às mãos de Dionisio Pinzón, nas quais o dinheiro se acumulava em proporções desmedidas.

Desde então, e até a noite da sua morte, essa foi a vida de Bernarda Cutiño. Parecia uma sombra permanente, sentada na poltrona de espaldar alto, pois, como se vestia sempre de preto e se ocultava da luz que iluminava somente o círculo dos jogadores, era difícil ver seu rosto ou medir os seus atos; ela, porém, podia observar tudo lá da escuridão.

Dionisio Pinzón não se importou com o fato de que ela, para varar as longas noites de vigília, se dedicasse a beber até afogar a consciência. Porque era isso o que ela fazia, enquanto permanecia no lugar onde tinha sido cravada pelo marido. E a isso se devia a aparência, primeiro um pouco inquieta, mas depois sem movimento, da sua figura.

Para isso, tinha à mão uma ou várias garrafas, das quais tomava lentos e demorados goles.

É verdade que estava acostumada a beber, pois desde que começara como cantora nas brigas de galos era norma refrescar a garganta entre uma canção e outra, e o próprio público, ou algum apostador ganancioso ou apaixonado, se encarregava de fornecer, a ela e aos seus músicos, uma boa quantidade de tequila, que servia para que pusessem mais alma e maior alegria nas suas interpretações. Desde então, tinha ficado com o costume de beber.

Não é de estranhar que ali na sua casa, onde não cuidava de nada, nem de cantar, pois tinha perdido até esse gosto, enchesse com bebida suas horas vazias, e cochilasse sua embriaguez diante dos jogadores mudos que rodeavam a mesa de jogo, nas noites longas e caladas, onde mal se ouvia o monótono embaralhar das cartas. Era ali, então, onde um punhado de homens parecia afogar até mesmo a respiração, que ela bebia e bebia, para depois ficar adormecida, ninada pelo seu palpitante e embriagado coração.

Mas não apenas transtornou sua vida como descuidou da filha, de quem não sabia mais nada. Dionisio Pinzón estava do mesmo jeito, nem se lembrava da filha, também chamada Bernarda, cujo apelido era La Pinzona, por ter seu coração ocupado no jogo.

Por sua vez, a moça não os procurava para coisa alguma. Chegava e saía de casa. Desaparecia por alguns dias. Voltava. Tornava a desaparecer, sem que nunca os visse nem fosse vista.

Certa manhã, depois de mais outra noite de sufocante vigília, os dois foram descansar nos seus quartos, ele na frente, La Caponera o seguindo com passos cambaleantes, chegaram do povoado vizinho uns que se diziam representantes da sociedade para falar com Dionisio Pinzón.

Explicaram que a finalidade da visita era falar da sua filha Bernarda:

— Senhor — disseram —, pode ser que por causa das suas ocupações não saiba da conduta da sua filha.

E Dionisio Pinzón, que se alterava com facilidade, e ainda mais quando estava tomado pelo sono, respondeu:

— E que diabo pode importar a vocês a conduta da minha filha?

Nesse momento, tropeçando, buscando apoio nas paredes, surgiu Bernarda Cutiño:

— O que esses senhores querem, Dionisio? O que eles vieram fazer?... Aconteceu alguma coisa com a Bernardita?

Mas Dionisio Pinzón, sem se importar com sua mulher, encarou o grupo de senhores:

— Digam: quem lhes deu o direito de se meter no que não é da sua conta?

Finalmente um deles falou, tímido:

— A gente acha que talvez... ela esteja abusando do seu consentimento, Dom Dionisio... Achamos que é nosso dever colocar o senhor a par dos atos licenciosos dela... O jeito escandaloso dela, até mesmo nos nossos santos lares do povoado... Ontem mesmo...

— Ontem, o quê? — gritou Dionisio Pinzón. — Parem de uma vez com suas fofocas!

— Vou dizer, Dom Dionisio — interveio um daqueles cavalheiros. — Sofia, minha filha, ia se casar hoje. Já estávamos com tudo preparado... A igreja... o banquete... tudo. E, justamente ontem, o noivo, Trinidad Arias, foi raptado pela sua filha...

— E um dos meus meninos, chamado Alfonso, que tem só dezessete anos, foi ultrajado por ela faz duas semanas... — disse outro dos presentes.

— Não é só isso, senhor Dom Dionisio. — falou um homem de bigodes engomados — Eu sou, como o senhor pode ver, um homem respeitável. Respeitoso do lar onde procriei seis filhos. Dois deles, por infelicidade, não estão mais... Hoje descansam nos braços do Senhor... E eu, veja bem, recebi propostas amorosas de La Pinzona, quero dizer, da filha do senhor... com o risco de...

— A questão é essa — interveio outro com gestos bruscos e usando uma voz pomposa —, as congregações de senhoras, mães e esposas estão vendo perigar os seus lares com a descarada coqueteria dessa moça... E suas provocações indecentes.

Com rédeas soltas, todos se esmeraram desfiando acusações contra Bernarda Pinzón.

Bernarda Cutiño ouvia, atordoada, tudo que falavam de sua filha, e seus olhos passeavam inquietos sobre todos aqueles senhores que pediam clamorosamente um severo corretivo para a menina que ela trouxera ao mundo e que, sem saber quando nem como, tinha crescido e corria pelo mesmo caminho em que ela tinha vivido.

Já Dionisio Pinzón, acostumado a ver todo mundo se inclinando diante da sua força e fortuna, e que por orgulho aceitava a conduta da filha, olhava para aqueles homens com ironia e desdém. Deixou que se desafogassem à vontade.

— Fora daqui! Imbecis! — gritou enfurecido. E, avançando e gritando para eles: "ratos imundos!" e outras coisas mais, os expulsou da sua casa.

Voltou para perto de Bernarda Cutiño, que soluçava exclamando: Não pode ser verdade!, sem acreditar que sua filha fosse aquilo que aqueles senhores tinham dito. Dionisio tomou-a pelos ombros, soltando-a da parede, onde ela havia apoiado a testa. E disse, com palavras que ainda refletiam a sua fúria:

— Minha filha fará o que quiser! Está me ouvindo, Bernarda? E, enquanto eu viver, farei todos os seus caprichos, não importa se forem contra o interesse de quem quer que seja.

Mais tranquilo, fez com que sua mulher se apoiasse nele e ajudou-a a caminhar até o quarto dela, enquanto dizia:

— Não se aflija, Bernarda... Algum dia ela vai sossegar... como você sossegou... Como o sossego chega para todos nós... Vem e descansa.

Ela, porém, nunca mais se consolou. Sentia-se culpada e atormentada pelo futuro da filha. Por isso, sua existência ficou mais amarga ainda. E continuou bebendo. Se embriagando até a loucura.

Certa noite, sentada no sofá de sempre, ela morreu sem que ninguém a ajudasse nem percebesse o sufoco que a levou à morte de tanto beber.

Com aquela noite, já era longa a série de noites em que chovia sem parar e continuava chovendo, e por isso mesmo os convidados da jogatina tinham prolongado sua permanência em Santa Gertrudis, sem achar tão ruim. Os ali reunidos eram homens de posse, achando-se entre eles um general aposentado, proprietário de uma fazenda nas vizinhanças; dois irmãos de sobrenome Arriaga, oriundos de San Luis Potosí e que se diziam advogados, mas que na verdade não passavam de jogadores profissionais; um rico minerador de Pinos; um fazendeiro do Bajío, acompanhado pelo seu médico, pois ao parecer sofria do coração mas nem por isso deixava de ser o único jogador que tomava um copo de aguardente atrás do outro, misturando-os às vezes com vários frascos de remédios que tinha à mão, sobre a mesa. Chamava a atenção porque sempre estava bebendo algo "para a morte" ou "para a sorte", conforme perdesse ou ganhasse. O médico, por sua vez, tomava-lhe o pulso de vez em quando, ou auscultava seu coração, sem que isto o impedisse de também participar do jogo.

Eram, pois, sete pessoas formando a mesa daquela noite. Essas pessoas estavam havia várias noites jogando sem demonstrar cansaço.

Como sempre, a reunião tinha começado depois do jantar. A não ser pelo ruído da chuva lá fora, tudo estava em silêncio e se poderia até dizer que a grande sala estava desabitada, se não fosse de vez em quando algum movimento de uma daquelas figuras, algum pigarrear e, ao terminar cada mão e quando os baralhos voltavam a formar seu monte imponente no centro da mesa, algum breve comentário ou alguma brincadeira que Dionisio Pinzón se permitia fazer com seus convidados.

O monte estava em poder do fazendeiro do Bajío. Mas não durou muito nas suas mãos. Logo passou, entre pastilha e pastilha e gole e gole, ao poder do general. E dele a Dionisio Pinzón, de onde já não se moveu durante várias horas, e foi se acumulando tanto que quatro dos participantes saíram do jogo, ficando apenas os dois advogados de San Luis para enfrentar Dionisio Pinzón.

Ao lado, na sombra onde sempre se escondia, Bernarda Cutiño descansava imóvel, e parecia adormecida. Sua figura, à qual mal chegava o reflexo da luz, sobressaía da penumbra pelo seu negror, pois como em outras vezes vestia uma roupa de veludo preto, o reluzente brilhante que adornava uma das suas mãos, e o eterno colar de pérolas.

Bem perto do amanhecer, a chuva parou. Isso foi anunciado pelo canto dos galos e pelo coaxar das rãs nos campos inundados.

Dos homens que tinham "saído" da partida, só restavam na casa o doente do coração, sempre com o médico ao lado, ambos adormecidos, as cabeças encostadas no espaldar da poltrona; os outros tinham tomado o caminho de volta para suas casas.

Dionisio Pinzón continuava jogando com sua calma habitual, apesar de os dois irmãos Arriaga estarem confabulados para derrotá-lo. Seu rosto, tenso pelo esforço feito para conservar a serenidade, não refletia nem temor nem júbilo. Parecia de pedra.

Por fim, um dos advogados jogou as cartas na mesa, indicando que se retirava. E se retirou.

Pinzón calculou que o outro faria a mesma coisa na próxima mão, e que assim a partida terminava de novo a seu favor, por isso não se importou nem reclamou quando viu o tal advogado, seu único adversário, fazer uma manobra suja ao embaralhar as cartas. E, não foi só isso, deixou que ele ganhasse aquela mão.

— É seu, doutor — disse Pinzón antes mesmo de ver o seu jogo. Mas ficou olhando para ele, como quem diz: você tem as mãos um pouco desajeitadas para trapacear.

O outro pareceu compreender, entregou as cartas a Pinzón e disse:

— Embaralhe e dê as cartas o senhor.

E assim foi feito.

De repente, sentiu que perdia. Viu como o seu monte de fichas ia se desmoronando.

— Um descuido — disse para se justificar.

Mas uma hora depois tinha sido limpo, e o monte inteiro estava nas mãos daquele advogado de San Luis.

Foi então que ouviu um riso de moça. Era um riso sonoro, alegre, que parecia querer perfurar a noite.

Virou o rosto para o lugar onde Bernarda repousava; mas ela estava tranquila, dormindo profundamente, sem que tivesse manifestado nenhum sobressalto por causa da risada que havia incomodado Pinzón.

— Deve ser minha filha. Ela costuma voltar para casa sempre a esta hora — disse como se estivesse respondendo a alguma pergunta.

Mas, ao parecer, nenhum dos irmãos Arriaga havia perguntado nada. O que jogava com ele olhou-o fixamente:

— É sua vez, Dom Dionisio.

Ele olhou as cartas, e jogou-as sobre o pano verde.

— Não vou — respondeu.

De algum lugar da casa surgiu com voz longínqua o começo de uma canção:

Pergunte às estrelas
se de noite elas me veem chorar,
pergunte se não procuro
a solidão, para poder te amar.
Pergunte para o rio manso
Se o pranto meu ele não vê correr;
pergunte para todo mundo
se não é profundo meu padecer...

E, como uma réplica, ouviu a mesma canção na voz ardente de La Caponera, lá longe, brotando do tablado de uma praça de galos, enquanto via morto, revolvendo-se no chão, um galo dourado, furta-cor.

Ouviu de novo a voz:

— Dê as cartas, Dom Dionisio.

Ele, distraído, apanhou as cartas que acabara de jogar na mesa; olhou-as de novo e tornou a dizer:

— Não vou.

— Se o senhor está cansado, a gente continua em outra ocasião — disse o homem que estava na sua frente.

— Não, de jeito nenhum — respondeu, voltando à realidade — De maneira nenhuma. Vamos jogar.

— O senhor tem com que ir?

— O quê?

Os galos voltaram a cantar, talvez anunciando o sol. O bater de suas asas soou seco, e os galos cantaram, um depois do outro, infinitamente.

E lá estava sua mãe ajudando-o a cavar um buraco na terra, enquanto ele, agachado, tentava fazer reviver o corpo ensanguentado de um galo meio morto, soprando seu bico.

Sacudiu a cabeça para espantar aqueles pensamentos.

— O quê? — perguntou outra vez.

— Se o senhor tem com que ir — foi a resposta.

— Sim, claro. Tenho ali naquela gaveta — disse apontando um cofre embutido na parede — algum dinheiro. O suficiente para cobrir a mesa e... algo mais.

— Bom. Então vamos dobrar a mesa.

— Vamos.

Tornou a perder.

Segurou por um momento em suas mãos as cartas ruins, que saíram por azar, e de soslaio deu uma olhada na sua mulher, que continuava dormindo, sem nenhuma inquietação.

— O senhor quer continuar jogando, Dom Dionisio?

— Naturalmente.

— Paga agora ou depois?

Foi até a caixa-forte e regressou com tudo o que havia lá dentro, de dinheiro vivo a papéis das escrituras de suas propriedades. Pagou o que perdeu. Pegou as cartas, embaralhou e repartiu. Ao fazer isso, se deu conta de que não sentia nenhum cansaço, mas um certo desassossego, causado talvez pelos pesados pensamentos que tinham vindo para distraí-lo.

As cartas foram caindo e tornaram a cair, precipitando Dionisio ainda mais na desgraça. Desconcentrado, ele tinha perdido o controle dos nervos. Por sua cara corria o suor frio do desespero que começava a invadi-lo. Agora jogava cegamente, sem ganhar. Tornava a jogar e tornava a perder. Não queria se afastar em nenhum momento das cartas, que colocava debaixo do cotovelo quando acabava de distribuir.

— Não posso perder — dizia. — Não posso perder — e murmurava outras frases incoerentes.

O fazendeiro do Bajío e seu médico, já acordados, e também o outro advogado, que estava só olhando, o contemplavam impávidos, não acreditando nos próprios olhos nem no que pensavam dos desatinos que aquele homem cometia, momentos antes tão sereno, tão dono de si, e que agora apostava tudo que possuía nessa terra.

— O senhor está jogando fora o seu destino, Dom Dionisio. Não vale a pena jogar assim — atreveu-se a dizer o fazendeiro.

Mas Pinzón não escutava.

Havia amanhecido. A luz que entrava pelos janelões bateu no feltro verde da mesa, iluminando os rostos dos jogadores esgotados pela vigília.

Dionisio Pinzón apostava naquele momento o último documento que sobrava. Deixou as cartas viradas para baixo, enquanto o outro examinava as suas. Quando o outro pediu duas cartas, Pinzón deu e tornou a esperar. Olhou para Bernarda Cutiño, seu rosto pálido, tranquilo dentro do sonho. Em seguida olhou para o adversário, tentando adivinhar algum sinal, um leve rastro de desalento. Só então examinou suas próprias cartas. Suas mãos estavam trêmulas e de seus olhos faiscava um brilho metálico. Deixou cair três cartas e tomou outras três, mas nem chegou a examiná-las. Seu adversário já exibia um jogo contra o qual Dionisio não tinha nada. Nem um par.

— Bernarda! — chamou. — Bernarda! Acorde, Bernarda! Perdemos tudo! Está me ouvindo?

Foi ao lugar onde estava sua mulher. Sacudiu-a pelos ombros.

— Está me ouvindo, Bernarda? Perdemos tudo! Até isto!

E com um puxão arrancou as pérolas que Bernarda Cutiño tinha no pescoço, fazendo com que elas despencassem e rolassem pelo chão.

E gritou:

— Acorda agora, Bernarda!

O médico que continuava na casa aproximou-se deles. Afastou Dionisio Pinzón e, levantando com os dedos as pálpebras da mulher, enquanto auscultava o coração, disse:

— Ela não pode acordar... Ela está morta.

Então, o que se viu foi o desvario daquele homem que continuava sacudindo a mulher e reclamando:

— Por que você não me avisou que estava morta, Bernarda?

Atraída pelos gritos, surgiu sua filha, Bernarda La Pinzona. E só então, quando a viu, Dionisio Pinzón pareceu se acalmar:

— Venha se despedir da sua mãe — disse Dionisio à moça.

Ela, compreendendo o que tinha acontecido, precipitou-se e se jogou no colo da mãe morta.

Enquanto isso, Dionisio encarou o homem que tinha ganho naquela noite tudo que ele possuíra.

— Ali, naquele quarto, tenho um ataúde — disse apontando para uma pequena porta num dos lados da sala. — Ele não entrou no jogo... Tudo, menos o ataúde.

Em seguida saiu da sala. Durante um momento, ouviu-se o ruído de passos percorrendo o longo corredor do casarão. Depois, ouviu-se um disparo seco, como se alguém batesse com uma vara num tamborete de couro.

NAQUELA MESMA TARDE OS DOIS FORAM ENTERRADOS no pequeno cemitério de Santa Gertrudis. Ela, em um caixão preto, de madeira comum, feito às pressas. Ele, no caixão cor de cinza com molduras de prata, que mantivera oculto desde o tempo em que não pôde utilizá-lo para guardar os restos de sua mãe.

Só duas pessoas acompanharam os cadáveres ao cemitério, Secundino Colmenero e Bernarda Pinzón. Dos convidados, que tinham vivido e convivido muitas vezes em Santa Gertrudis, nenhum se apresentou, e os que ali estavam foram embora sem se despedir, como se tivessem medo de se mostrar solidários com aquela morte dupla. Até os coveiros, assim que terminaram seu trabalho, sumiram.

Quando os dois ficaram sozinhos, na frente das cruzes gêmeas que tinham plantado sobre o mesmo túmulo, Secundino Colmenero perguntou:

— E agora, o que vai ser de você, Bernarda?

Ela, que mostrava uma cara triste, compungida, como se além de sentir aquelas mortes sentisse também o peso da própria culpa, levantou os ombros e, com voz cheia de amargura, disse:

— Aqui, não poderei viver... Seguirei o destino de minha mãe. Cumprirei assim a sua vontade.

POUCOS DIAS DEPOIS, aquela mesma moça, que havia chegado a ter tudo e agora não tinha nada além da voz para ganhar a vida, cantava num tablado na praça de galos de Cocotlán, um povoado perdido nos confins do México. Cantava como sua mãe começara a cantar, lá nos seus primeiros tempos, pondo para fora em suas canções todo o sentimento de seu desamparo:

Pavão, você que é o correio
que vai para Real del Oro,
se perguntarem o que faço,
pavão, diga que choro,
lagriminhas do meu sangue
por uma mulher que adoro...

— Fechem as portas! — gritou o apresentador, ao dar início à luta.

Sinopse

Conta a história de um homem pobre chamado Dionisio Pinzón, que além disso está impossibilitado de trabalhar por ter um braço mutilado, e que por isso se dedica ao ofício de "pregoeiro" num povoado remoto do México. Em certa ocasião, e como também era utilizado como "gritador" numa rinha de galos, é presenteado com um galo meio morto. Ajudado pela mãe, uma mulher velha e enferma, enterram o galo num buraco, deixando apenas a cabeça de fora. Os esforços que Pinzón faz para reviver o galo são finalmente compensados, mas quando isso acontece sua mãe morre. Como ele não tem com que comprar o caixão, arrebenta as tábuas apodrecidas da porta da casa, fazendo uma espécie de gaiola, que carrega nos ombros até o campo-santo. As pessoas do povoado, achando que ele está levando algum animal morto para enterrar, debocham de Pinzón, que decide abandonar o lugar para sempre, acompanhado pelo seu galo dourado.

E desta forma percorre longos caminhos e vários povoados levando seu galo às feiras onde se celebra alguma rinha. Vai de San Juan del Río até Chavinda, e dali se apresenta em Aguascalientes para depois ir até Rincón de Romos, ganhando as brigas de galo em todos esses lugares. Em Aguascalientes conhece uma "cantadora" apelidada de La Caponera, pelo jeito que arrasta os homens atrás dela. É uma mulher alta e de pernas bem torneadas que ao mesmo tempo canta com um grande sentimento entre uma rinha e outra, e que sabe desprezar ou valorizar quem ela quiser. Ao terminar a festa levando seu galo vencedor, se encontra com um tal Colmenero, acompanhado de La Caponera, que parece ser sua amante. Aquele é um homem típico da região dos Altos, trajando roupa de camurça e que se impõe só com sua presença. Sentam-se para refrescar a goela num dos banquinhos característicos que são instalados nas festas de galo. Ao ver Pinzón, que está sentado muito perto deles, se dirige a ele com voz altaneira oferecendo-se para comprar o galo dourado. Ao que Pinzón responde que não está à venda. O altenho, presumindo sua riqueza, insiste uma e outra vez, até que, vendo a inutilidade da sua oferta, propõe a ele fazer um trato que só os galeiros com muito conhecimento conhecem, unindo--se para convencê-lo das palavras de La Caponera. Pinzón, apesar de tudo, não aceita, já que pensa em não fazer jogo sujo com seu galo, no qual tem plena confiança. Porém na rinha de Tlaquepaque o dourado cai morto ao enfrentar um dos galos de Colmenero. Lá ele perde tudo que tinha ganho até aquele momento. Trata de repor alguma coisa com as cartas, mas volta a perder. De onde está ouve o barulho da rinha de galos. E já vai em retirada quando sente sobre seu ombro a mão de La Caponera. Ela lhe entrega uma bolsa cheia de pesos e o obriga a continuar apostando. Então ele ganha. Os dois regressam à rinha. Aceita o trato que Colmenero oferecia a ele, associando-se na difícil arte da briga de galos.

A partir desse momento, Pinzón e La Caponera percorrem juntos o mundo. Ela acaba abandonando o outro homem e termina aceitando se casar com Pinzón, pois supõe que a ambição dele e a afeição dela de andar de festa em festa de galo trarão certo apoio. Um dia, já com a filha dos dois nascida, visitam Colmenero em sua fazenda de San Juan Sin Agua. Encontram-no um tanto decaído, sentado numa cadeira de rodas. A pedido dele jogam baralho, e Colmenero perde a fazenda e algumas outras propriedades. Pinzón decide ficar lá para viver, contra a vontade da esposa. No fim ela decide seguir seu caminho sozinha, mas logo precisa voltar, com a voz arranhada. Pinzón impõe então suas condições. Chegou a transformar a fazenda numa casa de jogo, e a ocupação dela consistiria em ficar ao lado dele enquanto as partidas durassem, pois, por experiência, chegara à conclusão de que sem

Bernarda Cutiño, La Caponera, sua sorte já não era a mesma, porque durante a ausência dela sua fortuna tinha encolhido consideravelmente.

Assim, em ocasiões em que os participantes assistiam ao jogo, via-se La Caponera sentada sempre na penumbra da sala, adormecida ou acordada, até que a chatice tornou a levá-la para a bebida, que havia frequentado na sua época de cantadora nas rinhas. Pinzón não se importava, desde que a mulher ficasse na frente dele feito um amuleto. Ela agora se vestia de negro, com um colar de pérolas que refulgia mesmo na sombra, e ajudava a encobrir o rosto adormecido pela bebedeira.

Pouca ou nenhuma importância eles davam à filha. Ele mergulhado no jogo, ela envolvida pelos vapores do álcool. Mas o fato é que para muitos a moça se transformara no terror do povoado. Violava jovens, roubava maridos, desfazia lares antes tão bem integrados que nada parecia capaz de romper. Os pais não sabiam das atividades da filha, nem a que horas ela saía ou regressava para casa. E Pinzón jamais permitiu que sua filha não fizesse o que lhe desse na veneta, mesmo diante dos protestos dos que representavam a sociedade de San Juan Sin Agua.

Certa noite, depois de ter ganhado no jogo grandes somas de dinheiro, de repente sentiu que o monte desmoronava; atribuiu isso a uma distração de sua parte, mas as perdas continuavam uma atrás da outra, e quando tinha entregado até escrituras e documentos levantou-se furioso da mesa e foi direto até sua mulher para despertá-la e contar o que havia acontecido. Sacudiu-a pelos ombros e arrancou o colar de pérolas que ela tinha no pescoço. Um médico que estava lá acompanhando um dos jogadores que padecia do coração aproximou-se de Bernarda Cutiño e calmamente disse a Pinzón que aquela mulher estava morta fazia uma hora.

Pinzón foi até o fundo da casa e se deu um tiro. No dia seguinte os dois foram enterrados no mesmo túmulo.

Agora vemos a filha continuando o mesmo caminho da mãe, trepada num palco de uma rinha de galos, debulhando as mesmas canções com que La Caponera alegrava a festa.

JUAN RULFO

Avaliação literária do romance O *galo de ouro*

A publicação, em março de 1980, de *O galo de ouro* foi um acontecimento literário muito menos celebrado do que cabia esperar, se tivermos em conta as expectativas que o próprio autor tinha alimentado sobre novos textos que estava escrevendo e que viriam a paliar o já longo silêncio mantido desde a publicação de *Pedro Páramo.* Na verdade, o sentimento dos leitores foi de decepção, porque o que era oferecido era "o argumento inédito" (nas palavras de Jorge Ayala, o editor do livro; p. 13) que Rulfo havia escrito para um filme que tinha o mesmo título, de 1964, e, portanto, tratava-se apenas de recuperar um texto antigo do escritor que, a princípio, nem mesmo era propriamente um texto literário.

Com a perspectiva que a passagem do tempo nos dá, hoje pode-se considerar que não estava exatamente correto o que dizia a edição de 1980, pois ao vincular a obra a um projeto cinematográfico e publicá-la junto a outros textos do autor — esses, sim, roteiros e argumentos para cinema —, a marginalizava do âmbito literário. Ao mesmo tempo, a aparente desvinculação de Rulfo relacionada à edição não fez senão acrescentar mais incerteza: seria um texto escrito para cinema, sem aspirações literárias? (a contracapa da edição de 1980 ia nessa direção: "Prolongações, dimensões inesperadas, talvez nova luz sobre a obra literária do autor."). Além do mais, o fato de que fosse uma obra escrita muitos anos antes, sem que mediasse uma correção posterior que significasse uma vontade clara, por parte de Rulfo, de editar a obra como texto literário a situava nessa clara posição de marginalidade.

Apesar de a edição de 1980 insistir no caráter não literário de *O galo de ouro* ("Escrito na linguagem rasa, plástica, funcional e sem preocupações estilísticas que todo projeto cinematográfico repleto de precisões requer, algo que contrasta com a acabadíssima elaboração formal da obra literária de Rulfo", p. 14), a crítica toda, sem exceção, considerou que se tratava de um texto literário — romance, novela ou conto longo — que deve ser analisado à margem de sua funcionalidade com os projetos cinematográficos a que deu origem. Da mesma forma, a crítica estabeleceu que se trata de uma obra relevante, da perspectiva da análise literária, embora não alcançasse a qualidade literária da obra consagrada de Rulfo, ao carecer da sua própria precisão estilística e formal. Minha opinião é que, à margem de algumas carências estilísticas (explicáveis), *O galo de ouro* deve ser situado no mesmo nível que *Chão em chamas* e *Pedro Páramo.*

História textual

As primeiras notícias sobre *O galo de ouro* remontam a 1956. Graças a dois textos de jornal,[1] que estão conservados nos arquivos de material jornalístico do autor, sabemos que Rulfo já havia iniciado esse projeto naquele ano. Em declarações que apareceram na imprensa no dia 10 de outubro de 1956, Sergio Kogan, produtor de *La Escondida,*[2] manifesta suas queixas diante da ausência de bons roteiros e diretores de cinema mexicanos, e diz:

> Pois bem, não tive uma boa história a não ser agora, faz uns dias. Trata-se de um relato especialmente escrito para cinema por Juan Rulfo, intitulado O *galo dourado.*

Um comentarista se refere outra vez na imprensa a este tema no dia 24 de outubro de 1956, mencionando possíveis protagonistas e a ambientação do filme, e que seu diretor seria Roberto Gavaldón:

---

1. Fornecidos por Víctor Jiménez, diretor da Fundação Juan Rulfo.
2. O filme mais caro, até aquele momento, do cinema mexicano, e em cuja filmagem Rulfo esteve presente, já que realizou uma série fotográfica baseada em algumas das cenas. Também fotografou alguns dos atores em seus descansos da filmagem.

> Bom é o argumento de *O galo de ouro*, que Kogan está preparando. O personagem masculino está destinado a Pedro Armendáriz — um senhor papel — e, para o feminino, o problema será grande, pois terá de ser uma cantora tipo Lola Beltrán, porém com mais qualidade artística. Se conseguirem encontrar alguém assim, terá sido um verdadeiro achado. Não deixam de apreciar, entre as possíveis, Katy Jurado. Mas, enfim, não há nada certo. Será dirigida por Roberto Gavaldón, que pode conseguir algo espetacular. As rinhas de galo, a Festa de San Marcos com seu jogo e as características das personagens principais, tudo isso leva a pensar num êxito que não irá perecer.

Não parece provável que naquela altura Rulfo tivesse escrito o texto que conhecemos, mas chamam a atenção os detalhes escritos na nota publicada, já que antecipam com muita exatidão a ambientação de *O galo de ouro*. O que, sim, parece ficar claro é que, desde a sua origem, existiu o projeto cinematográfico. É algo difícil de saber se Rulfo levou em conta essa questão na hora de escrever a história ou simplesmente escreveu um romance pensando em sua posterior adaptação para o cinema. As manifestações de Rulfo citadas à continuação fazem pensar nessa última possibilidade, já que, de fato, seu texto só pode ser classificado como "romance".

Não conhecemos o período de tempo em que Rulfo escreveu o romance, mas é possível que não o terminasse antes do fim do ano de 1958 (Rulfo mencionou que o escreveu "anos depois" de *Pedro Páramo*).[3] O texto que é editado agora, revisado e corrigido, já foi utilizado na edição de 1980. Não é o original escrito por Rulfo (cuja existência se desconhece), mas uma cópia que, possivelmente, foi feita pela produtora de cinema que, anos mais tarde, em 1964, faria o filme. Também não sabemos a razão de essa cópia[4] que, por razões óbvias, deve ser considerada o "original" de *O galo de ouro*, ter sido feita. Na sua capa aparece o seguinte:

> *"O GALO DE OURO"/ DE/ JUAN RULFO/ Registrado no Serviço de Autores e Adaptadores do S.T.P.C. da R.M., sob o número 5983, no México, D.F., em 9 de janeiro de 1959."*[5]

Temos, então, o registro de que ao começar o ano de 1959 a obra estava terminada, e que não sofreu modificações posteriores. Essa data foi ratificada por um documento aportado por Vital (2004: 160), que

3. Como se pode comprovar em citação posterior.
4. Talvez o original que Rulfo entregou tivesse demasiadas correções, algo habitual em seus manuscritos.
5. Dados facilitados por Víctor Jiménez. Também são informações suas que as siglas S.T.P.C. devem corresponder a "Sindicato de Trabalhadores da Produção Cinematográfica" e R.M. é República Mexicana. O manuscrito utilizado para a edição é uma cópia em papel-carbono, que a família Rulfo conserva. A citação foi recolhida por Vital (2004: 160).

informa da solicitação que Rulfo fez para uma bolsa Guggenheim, com data do dia 14 de fevereiro de 1968, em que o solicitante informa seus méritos:

> O *galo de ouro*. Romance, 1959. Não foi publicado por ter sido utilizado como argumento para um filme com o mesmo nome.

É importante observar que Rulfo classifica esse texto como "romance". Ao se referir, porém, à continuação de *El despojo*, menciona o texto como "romance curto". Outro texto de Rulfo, também citado por Vital (2004: 207), é interessante. Trata-se de um "Documento de Juan Rulfo sobre sua obra. Anexo a uma carta dirigida à Guggenheim Foundation no dia 21 de fevereiro de 1968", em que ele faz um resumo percorrido pelos seus méritos. Diz:

> Outro romance, O *galo de ouro*, escrito anos mais tarde (Rulfo se refere a *Pedro Páramo*), não foi publicado, pois antes que passasse à gráfica um produtor cinematográfico se interessou por ele, para adaptá-lo ao cinema. Dita obra, da mesma forma que as anteriores, não estava escrita com essa finalidade.
>
> Em resumo, só regressou às minhas mãos como script e já não me foi fácil reconstruí-la.

Da mesma forma, outros depoimentos de Rulfo recolhidos em conversas e entrevistas com diversos críticos são coincidentes com os que são mostrados aqui. José Emilio Pacheco, numa entrevista publicada no dia 20 de julho de 1959, oferece a seguinte informação (Pacheco, 1959: 3; Carrillo também recolhe esta citação: 2007: 242):

> *O galo de ouro*, romance inédito que transformei em roteiro de um filme que será produzido por Manuel Barbachano Ponce.

Luis Leal (1980) informa sobre uma conversa com Rulfo, ocorrida no dia 5 de junho de 1962, trazendo o seguinte depoimento (também citado por Ezquerro, 1992: 685):

> Terminei esse romance (*O galeiro*, e não *O galo de ouro*), mas não publiquei porque me pediram um script cinematográfico e, como a obra tinha muitos elementos folclóricos, achei que se prestaria para transformá-la em filme. Eu mesmo fiz o script. No entanto, quando o apresentei me disseram que tinha muito material que não podia ser usado... O material artístico da obra, destruí. E agora é quase impossível, para mim, refazê-la.

De todas essas informações de Rulfo, é possível tirar algumas conclusões: fala sempre de um "romance" como um texto independente e anterior ao roteiro cinematográfico que ele mesmo escreveria. Esse roteiro é mandado de volta a Rulfo, que não se sente com forças suficientes para refazer o romance. O texto que conhecemos a partir da edição de 1980, o mesmo da cópia de 1959, não é, evidentemente, o roteiro ou script que Rulfo diz ter escrito, mas a versão terminada do romance sobre o que se realizaria esse roteiro do qual não existe outro vestígio que seu depoimento. Tudo parece indicar que Rulfo entregou a versão original ao produtor, que fez a cópia em 1959, sem que nem original nem cópia voltassem às suas mãos (como afirmou em 1968). Ao mesmo tempo, afirma que lhe devolvem o roteiro que ele mesmo fez (texto esse do qual nada sabemos). Em resumo: quando fala da destruição do material artístico, se refere a um suposto roteiro, mas não ao texto que conhecemos, que seria a versão original que conteria esse material artístico.[6] É possível considerar essa versão original como a definitiva que o escritor teria apresentado para ser publicada? Não se sabe, mas o texto oferece

6. García Márquez (1980: 12), num texto muito difundido, oferece uma informação difícil de avaliar: "Carlos Velo me encomendou a adaptação de outro relato de Juan Rulfo, que era o único que eu não conhecia naquele momento: *O galo de ouro*. Eram 16 páginas muito apertadas, num papel de seda que estava a ponto de virar pó, e escritas com três máquinas diferentes." Não pode se tratar de uma versão anterior à cópia de 1959, uma vez que ele mudou para o México em meados de 1961. Mas tampouco é muito factível que seja uma cópia do mesmo texto, já que ele tem quarenta e duas páginas. Seria o suposto roteiro que Rulfo escreveu?

uma indubitável qualidade que permite opinar que sim, foi possível considerá-la como a versão definitiva. Seja como for, o fato de que ao publicá-la em 1980 não fossem introduzidas mudanças indica que não se sentiu motivado a corrigir um texto escrito mais de vinte anos antes, e provavelmente permitiu sua publicação ao aparecer numa coleção dedicada ao cinema, forma em que Rulfo marginalizou esse romance do resto da sua obra literária. Certo é que Rulfo, se tivesse publicado esse romance em 1959, teria feito correções, já que conhecemos seu labor minucioso e inconformista, buscando sempre a perfeição (como se percebe nas múltiplas variações de *Pedro Páramo* e nas diferentes versões de alguns de seus contos). No entanto, esta constatação não deve levar-nos ao erro de considerar *O galo de ouro* como um texto menos cuidado que o resto da sua obra literária.

Nas seções seguintes desta introdução será feita uma análise de *O galo de ouro*. Estou sempre me referindo a esta obra com o qualificativo de "romance", tal como a denomina Rulfo, diante da habitual definição de "novela" ou "novela curta" por parte da crítica. É indubitável que esta denominação traz implícita uma consideração de obra menor, em relação à palavra romance. É discutível, porém, que a extensão da obra — único critério real de diferenciação — seja, neste caso, um elemento de definição.

No mundo de O *galo de ouro*

Rulfo torna a perambular pelo mundo rural de suas obras anteriores para nos contar a vida de um personagem que, pela mão da sorte e do destino, passa da pobreza à riqueza. Uma história aparentemente simples, não isenta de tópicos, mas que revela um mundo complexo, cheio de símbolos. Três linhas narrativas se entrelaçam: o relato da ambição de Dionisio Pinzón, protagonista do romance, sua relação de casal com Bernarda Cutiño, chamada de "La Caponera", e a história do ambiente rural em sua faceta festival, de brigas de galos e jogos de baralho. São elementos que marcam o ritmo dos acontecimentos e que acabam decidindo o destino dos personagens. Rulfo soube refletir muito bem o simbolismo do destino através de uma história que é contada por meio de dualidades, como se fosse um jogo de dados. O destino de Dionisio, posto nas mãos do acaso, também condicionará o resto dos personagens com que se relaciona. A primeira dualidade se estabelece entre Dionisio e Secundino Colmenero. A pobreza do primeiro — pregoeiro e anunciador de briga de galo — contrasta com a riqueza de Secundino, "o homem mais rico do povoado". Mas, quando a sorte muda a vida de Dionisio, será ele então o rico, e Secundido, arruinado, se transformará em seu galeiro, ou seja, o cuidador das apostas. A segunda dualidade repete esta mesma estrutura: Dionisio – Lorenzo Benavides. O primeiro, arruinado depois da perda de seu galo dourado, aceita o acordo comercial com o poderoso Lorenzo, situação que se inverte quando Dionisio ganha de Lorenzo, no jogo, a fazenda. A terceira dualidade é a de Dionisio – Bernarda. Esta relação, a mais importante da obra, tem seus matizes. Por um lado, parte-se de uma situação inicial em que Dionisio não se acha merecedor de Bernarda, e que se acentua com a fuga da mulher com outro homem, a mulher que ele desejava como esposa. Uma vez que conseguiu se casar com Bernarda, mudado o signo da sua sorte (e aqui deveríamos mencionar uma faceta-chave da obra, o mágico destino que a companhia de Bernarda leva com ela), sua humildade e servidão se transformam em orgulho, ambição e despotismo, passando a ser ele o dominador, enquanto Bernarda passa de dominadora a dominada. Este sistema se estenderá além da relação do protagonista com outros personagens, à sua própria evolução como personagem. A dualidade marcará toda a sua existência: pobreza contra riqueza, briga de galos e jogos de baralho, menosprezo que lhe dedicam os moradores de San Miguel del Milagro e desprezo do protagonista em relação a eles, quando é favorecido pela fortuna, nomadismo (sua vida de festa em festa) e sedentarismo (seu isolamento na fazenda de Santa Gertrudis), sua honestidade inicial nas brigas de galo e sua aceitação posterior aos trambiques. Dualidades que também se manifestam em outros múltiplos detalhes.

1. Ambientação

A história do protagonista está intimamente relacionada com dois motivos que adquirem um destaque especial no romance: as brigas de galo e o baralho. Rulfo torna a situar a narração neste ambiente rural, que acaba por ser o que define o conjunto da sua obra literária, mas apegando-se a esses eventos festivos, o que, à primeira vista, parece marcar uma diferença substancial com o ambiente opressivo presente em "Luvina" ou em *Pedro Páramo*. Se, por um lado, é certo que o longo tempo destinado à descrição das brigas de galos, e também nas letras das canções que canta La Caponera, ou nas idas e vindas dos jogos de baralho, não se deve esquecer que a história dos protagonistas é feita com tintas dramáticas. Tendo em conta este último aspecto, é preciso, sim, registrar que Rulfo concedeu à descrição do ambiente um espaço generoso, algo que contrasta com a carência descritiva de suas obras anteriores, o que foi valorizado pela crítica como um elemento fundamental da intensidade narrativa da sua literatura. Tratava-se, pois, de um elemento acessório, de uma concessão a um tipo de leitor mais superficial, de um estranho regresso a uma literatura convencionalmente regionalista? Tudo aquilo parecia impróprio de um escritor que, por acaso, tinha se diferenciado por enclausurar essa literatura regionalista, adotando técnicas novas que se convertiam em modelo para as gerações seguintes de escritores. Acontece que essa ambientação não é um elemento prescindível, um "adorno" da história, mas o eixo argumental para onde convergem as ações de todos os personagens do romance.

Os nomes dos lugares onde se situa a ação de *O galo de ouro*, Zacatecas, Aguascalientes, Cuquío, Tlaquepaque, recriam o localismo de suas narrativas anteriores. Ao leitor serão dadas poucas explicações complementares de uma realidade que ele desconhece, exigindo-se o esforço de penetrar num mundo em que ele é um intruso. Trata-se de um recurso utilizado com anterioridade e cuja finalidade é que o leitor chegue a conhecer em toda sua pureza a realidade descrita, sem ajuda das explicações, convencionalmente literárias, que um narrador em terceira pessoa poderia facilitar ao leitor. Assim, o narrador irá mencionando diferentes tipos de galos de briga sem que especifique, normalmente, a que se devem suas características, como se sua narração fosse dirigida a alguém do seu entorno. Um galo poderá ser um "valente", "arrepiado", "retinto", "pretinho", de "Brava Linhagem ou de Lei Suprema", "driblador", "giro" ou "frouxo", ou ter "a crista encrespada" e "baixar a crista", ou serão utilizadas expressões particulares deste mundo das rinhas de galo, como "cravou o bico", "inscreveu-o na Mochiller" ou "as canelas pisando forte". A primeira parte do romance converte as brigas de galo no núcleo narrativo através do qual se desenvolve a ação dos personagens. Algo similar pode ser dito do jogo de cartas. Sua incidência, mais presa à história particular do protagonista, serve para completar o aspecto festivo deste ambiente rural em que Rulfo propõe a ação. Também neste caso são utilizados os mesmos recursos: os nomes dos jogos. "Jogavam-se truco, pôquer, sete e meio e canastra"; termos do jogo como "naipe", "distribuidor de cartas", "jogo aberto", "apostador", ou frases em gíria como "Ganha o seis da velha!".

2. O tema da sorte

Tudo muda para Dionisio Pinzón quando recebe um galo dourado moribundo. A partir desse momento irá enriquecer ou perderá seu dinheiro, seguindo o vaivém da sorte que rege as brigas de galo e os jogos de baralho. Mas se Dionisio deixou sua vida nas mãos da sorte, que adquire uma categoria mítica através da figura de Bernarda, "meu ímã da sorte", como Dionisio a chama, e tal aspecto vai se fazendo mais evidente conforme a narrativa avança: "Parecia que a união dele com La Caponera tinha acentuado a sorte", até ficar plenamente patente nas raivosas palavras de Lorenzo quando perdeu sua fazenda inteira: "É a esta bruxa imunda que você deve tudo!" Rulfo sentiu-se subjugado por essa força ilógica e não evitou alusões a ela. Uma das descrições mais impactantes é a de Bernarda transformada em deusa alcoolizada da fortuna: "Logo atrás dele estava La Caponera, como se também ela não tivesse se mexido do lugar. Sentada na mesma poltrona, mal escondida na penumbra da sala, parecia mais um símbolo do que um ser vivo. Mas era ela. E sua obrigação era estar ali para sempre."[7]

Que interpretação é possível dar a este tema, que no fundo é o eixo vertebral do romance? Poderia se pensar que Rulfo se deixou levar pelo próprio ambiente festivo que descreve e que carece de transcendência, sendo um elemento de ambientação. A dimensão mítica da sorte que o personagem de Bernarda representa desmente essa análise. Rulfo trata o tema da sorte a partir de duas perspectivas que aportam uma dimensão simbólica a um tema que em outra história não teria passado de ser uma questão de costumes. De um lado, a sorte apresenta um traço de excepcionalidade, já que as situações que são narradas ultrapassam os critérios realistas. Que um personagem como Dionisio possa ter sorte com seu galo dourado entre dentro da

---

7. Também Petra Cotes, personagem de *Cem anos de solidão*, simboliza essa sorte quase mítica. Neste aspecto, há uma notável coincidência entre Petra e Bernarda.

normalidade, mas que, sucessivamente, enriqueça e volte a perder tudo não parece demasiado realista. Se acrescentarmos que essa situação se repete em outros personagens como Secundino Colmenero e Lorenzo Benavides, se confirma que Rulfo tratou o tema da sorte com critérios não realistas. A essa mesma conclusão se chega ao analisar a figura de Bernarda, do ponto de vista da sua função mítica. Neste caso, o leitor deve aceitar algo tão pouco realista, ou seja, desfrutar da sua companhia equivale a ter sempre sorte nos jogos de azar. Além do mais, novamente, as situações nas quais sua função mítica se faz presente têm um caráter extraordinário: um jogo de cartas faz com que Lorenzo Benavides perca sua fazenda e todas as suas demais propriedades. Outro jogo de cartas faz com que, em minutos, Dionisio perca o sem-fim de propriedades que foi acumulando nos últimos anos. E tudo sob a influência mágica de Bernarda. Cabe acrescentar que, no aspecto técnico, esta superação da narrativa realista é similar à de *Pedro Páramo*, independentemente das diferenças temáticas, e que, em ambos casos, nos encontramos diante de relatos que devem ser analisados a partir de uma perspectiva simbólica.

3. Os temas habituais na narrativa de Rulfo

Outros aspectos marcam a personalidade dos personagens e nos aproximam dos grandes temas de Rulfo. O tema da solidão, particularmente visível no último jogo de baralho de Dionisio, em que simbolicamente ele vai ficando sem adversários, ponto final de uma solidão em que o personagem foi sumindo tempos atrás. O ambiente foi variando ao longo do relato: dos cantos e alegria que eram os sinais de identidade do mundo das rinhas de galo passou-se ao salão escuro da solitária casa de Santa Gertrudis, onde os personagens se isolam do mundo exterior durante dias. O suicídio de Dionisio, acompanhado unicamente pelo ataúde, representa o ponto final de uma solidão que foi fruto de sua incomunicação com os demais e, de maneira particular, com Bernarda, em seus anos de reclusão em Santa Gertrudis e, embora com relevância menor, também está presente no final da história de Lorenzo Benavides.

Outro dos temas ressaltados no romance também tem grande importância na obra anterior de Rulfo. É o tema da mãe, refúgio buscado por esses filhos desamparados que costumam ser os personagens das narrativas de Rulfo, exemplificados no personagem de Juan Preciado em *Pedro Páramo*. Nos bastidores do tema aparece um mito cultural mexicano bem definido, embora talvez recordado em excesso, o do sentimento de orfandade do mexicano, em sua dualidade filial entre a Malinche, a índia que se uniu aos conquistadores, e a Virgem de Guadalupe. É notória a abundância de personagens femininos que aparecem na obra de Rulfo com características matriarcais:

Dorotea, Eduviges, Damiana, Dolores em *Pedro Páramo*, Felipa em "Macário", a mãe de Natalia em "Talpa", Matilde Arcángel no conto que leva o seu nome. Também em O *galo de ouro* a figura da mãe tem peculiar importância. A relação de Dionisio com sua mãe será apreciada em três momentos-chave da narração: o primeiro, quando sua mãe morre, ainda no início do romance, e o desamparo que cai sobre Dionisio se transforma em ódio contra San Miguel de los Milagres, o povoado onde vive. A tétrica descrição do enterro acentua de maneira mórbida o desamparo do personagem. A segunda ocasião em que aparece explicitamente este tema é na metade do relato. Num reencontro com seu passado, Dionisio volta a San Miguel para enterrar sua mãe dignamente. A relação com Juan Preciado é inevitável: ele também vai a Comala por causa da sua mãe. Ambos os personagens até mesmo repetem a mesma frase: "Vim para isso." A terceira vez que se torna a mencionar a figura da mãe é a mais significativa e explica a necessidade de apoio do personagem, seu sentimento de orfandade: a ponto de perder tudo num jogo final, quando sua morte é iminente, surge a lembrança da mãe. O fato de essa figura aparecer em três momentos-chave, situados, além do mais, de maneira estratégica no começo, no meio e no fim do relato, mostra a importância deste símbolo.

Há outro tema de grande importância em O *galo de ouro* e de frequente aparição nas outras obras de

Rulfo: a vingança. Os contos "O homem", "Lembre-se", "A herança de Matilde Arcángel" e "Diga que não me matem!" são histórias de vingança, e em *Pedro Páramo* o espírito de vingança é o que move alguns de seus personagens principais: Dolores mandará seu filho a Comala para que se vingue, o padre Rentería não poderá evitar vingar suas frustrações no enterro de Miguel Páramo, mas principalmente é a figura do próprio Pedro Páramo, em suas contradições, a que melhor encarna esse espírito de vingança, na verdade vingança dupla: pela morte de seu pai, e pela festa que inconscientemente o povoado organiza pela morte de Susana, e que resulta no fim de Comala. Esta última situação é a que guarda uma indiscutível similaridade com o que acontece em *O galo de ouro*. Dionisio Pinzón vai sentir necessidade de vingar-se de San Miguel del Milagro para não recordar sua pobreza e a razão das risadas de seus vizinhos quando o viram carregando o simulacro de ataúde de sua mãe, que equivocadamente pensaram que ele estava "levando algum animal morto". Dionisio, "a cara endurecida e com um gesto rancoroso, jurou a si mesmo que jamais ele e nenhum dos seus tornariam a passar fome...". Um equívoco similar acontece em *Pedro Páramo*. De maneira inconcebível, as pessoas que vão a Comala atraídas pelo som dos sinos que anunciam a morte de Susana acabam organizando uma festa, e Pedro Páramo "jurou se vingar de Comala: — Vou cruzar os braços e Comala vai morrer de fome" (Rulfo, 2002: 171). Efetivamente, Pedro Páramo tem poder para causar a ruína de Comala. Dionisio Pinzón não tem esse poder, mas seu retorno a San Miguel é a forma pela qual consegue se vingar: "Nos poucos dias em que esteve no povoado, deu para perceber o desprezo pelo lugar (...) não falou com ninguém, e tratou com evidente desprezo todos os que se aproximaram para cumprimentá-lo." Este tema, da mesma forma que os dois anteriores, põe em manifesto que *O galo de ouro* continua refletindo o mesmo mundo que de maneira tão definida Rulfo havia apresentado em sua obra anterior: além das diferenças argumentais, os personagens encontram-se sufocados pelos mesmos problemas. Esta fusão de *O galo de ouro* com a obra anterior de Rulfo se deixa notar, além dos pontos já mencionados, por outras similaridades. A figura de Dionisio Pinzón é, em certa medida, criada seguindo o modelo de Pedro Páramo: não é apenas o tema da vingança que os une, mas eles também coincidem no caráter ambicioso e orgulhoso, e no qual ambos conseguem, através da riqueza, se impor aos demais.

Relações de menor importância, mas que confirmam a unidade deste romance com o resto da narrativa de Rulfo, são as seguintes: o mundo das brigas de galo, esse ambiente festivo, está anunciado em *Pedro Páramo* quando Comala, por ocasião da morte de Susana, se transforma numa festa: "Lá havia festa. Apostava-se nos galos, ouvia-se música; os gritos dos bêbados e das loterias" (Rulfo, 2002: 171); esse ambiente festivo também aparece em "O dia do desmoronamento", em que inclusive se menciona que os músicos tocam "El Zopilote Mojado", conforme acontece em *O galo de ouro*. Ao mesmo tempo, a falsidade dos políticos, o retrato de um grupo social afastado dos interesses do povo, conforme aparecia nesse último conto mencionado, de novo tem reminiscências na presença de dois políticos numa briga de galos no começo de *O galo de ouro*. A miséria em que os personagens de Rulfo se veem mergulhados fica exemplificada nesta frase de *O galo de ouro*: "sem ter nem com que comprar um caixão para enterrá-la". E na similar em *Pedro Páramo*: "Venho buscar uma ajudinha para enterrar a minha morta" (Rulfo, 2002: 175). A esperança que Dionisio pôs em seu galo, "debaixo do braço, encolhido, protegido do vento e do frio, o galo dourado", também encontra uma fórmula similar no personagem de Esteban, no conto "E nos deram a terra", nos cuidados que dedica à sua única propriedade, uma galinha: "Ele a acomoda debaixo do braço e sopra nela o ar cálido da sua boca." São dados muito concretos, mas, ao mesmo tempo, muito significativos da unidade que rege a obra de Rulfo.

4. Bernarda, "La Caponera"

Se aquilo que até aqui foi mencionado, partindo de uma perspectiva temática, se relaciona basicamente com o protagonista, é porque nesta narrativa os demais personagens funcionam ao seu redor de maneira secundária. Todos, exceto um: Bernarda, que acaba sendo um dos personagens femininos traçados com maior acerto por Rulfo. Este personagem, independentemente da sua relação com Dionisio, tem vida própria. O narrador não economiza descrições para nos apresentar sua forma de vida e seu gênio forte. A mesma autonomia que o personagem de Susana San Juan consegue em *Pedro Páramo* é notada em Bernarda, existe inclusive uma relação entre as duas: ambas são símbolos de vida. Se, por um lado, tal como se mencionou, Bernarda tem uma função mítica relacionada com o tema da sorte, esse simbolismo que a relaciona com a vida se torna patente ao longo do romance inteiro. Neste sentido, existe um notável paralelismo com Susana San Juan. Diante de tantos personagens femininos caracterizados por seus obscuros xales, Susana e Bernarda foram imaginadas por Rulfo como luminosas e cheias de cor, especialmente Bernarda, em cujo retrato físico Rulfo se deteve mais do que em qualquer outro personagem. Também é certo que entre as duas existem muitas diferenças. Por exemplo: Susana é um personagem que vive isolado em seu quarto, suplantando a realidade que a rodeia através das memórias de um mundo interiorizado. Já Bernarda desfruta de uma realidade que ela compartilha com os demais, em atitude lúdica e positiva.

Técnicas narrativas

1. O papel do narrador

O galo de ouro traz um caso-limite de confluência entre um narrador em terceira e em primeira pessoa. A não ser por algumas frases, como a que aparece no começo do relato — "Num daqueles anos, talvez pela abundância das colheitas ou pelo milagre de sei lá quem" —, tudo parece indicar que o narrador é uma terceira pessoa. No entanto, a utilização dessa primeira pessoa no exemplo citado parece dissipar qualquer dúvida a respeito. A pessoa narrativa, porém, não é facilmente identificável, pois embora outras frases, como "E lá vinha ele" ou "aquele homem humilde que conhecemos", confirmem que nos encontramos com um narrador em primeira pessoa, em outros lugares o narrador também é, indiscutivelmente, uma terceira pessoa. A atualização da ação no momento em que está ocorrendo impede pensar que o narrador seja uma primeira pessoa, pois, se assim fosse quando ele narra um acontecimento, tem que fazer isso de uma perspectiva de tempo passado. Frases como "Agora estava ali, esperando que lhe servissem o jantar" mostram claramente a presença de um narrador em terceira pessoa. Como explicar essa narrativa dupla? Se ambos os narradores estivessem claramente diferenciados por capítulos ou, simplesmente, partes em que o relato pudesse ser dividido, não haveria maiores problemas. Mas, na verdade, o leitor tem a sensação de que quase continuamente o narrador de terceira pessoa se transforma em primeira pessoa, sem que exista nenhum sinal externo que permita identificar a mudança. Seria preciso considerar que a narração básica é feita pela terceira pessoa, mas tão próxima a seus personagens e fatos narrados que, em várias ocasiões, se transforma numa primeira pessoa. Este fato justifica o uso de uma linguagem idêntica à dos personagens. O leitor deve se situar como quem escuta o relato na boca de alguém que conheceu a história e os seus personagens, de uma testemunha daqueles acontecimentos, que se expressa na única linguagem que conhece, o desse meio ambiente. Por isso, o leitor não deve estranhar a frequente utilização de giros linguísticos e descrições de forte sabor coloquial como "E lá vinha ele", "Durante um tempo, sabe Deus por que povoados andou", "Deixou logo de ser aquele homem humilde que conhecemos em San Miguel del Milagro", "Ao mesmo tempo, convém dizer que aquela foi uma época", "pois ninguém imaginava que haveria tanta gente", "Enquanto isso, La Caponera vivia aguardando a volta de Dionisio Pinzón", "não conseguira mais erguer a cabeça", "Não tinham voltado a se ver desde os tais dias de Tlaquepaque", "E dali pra verdade", "gente que vivia poupando seu dinheirinho". Com essa técnica, Rulfo consegue aproximar o leitor do mundo narrado, ao evitar o distanciamento que a presença de um narrador convencional, em terceira pessoa, impõe.

2. A estrutura

O galo de ouro não apresenta a dificuldade estrutural de *Pedro Páramo*, embora ofereça uma notável similaridade em sua composição, ao prescindir de capítulos convencionais e dividir o texto em partes tipograficamente separadas por um espaço em branco. No entanto, a coincidência é mais superficial do que profunda, uma vez que o caráter fragmentário de *Pedro Páramo*, justificado pela utilização de dois níveis narrativos e dos constantes saltos cronológicos, não aparece em *O galo de ouro*. Mais que de "fragmentos", seria conveniente falar, deste romance, de "sequências" ou "cenas" em que são narrados diversos episódios que conformam a "história" em seu conjunto. Este modelo deve ser procurado em contos como "Chão em chamas", no qual as diversas sequências seguem a ordem cronológica habitual numa narração. Trata-se, pois, de uma estrutura "clássica", adaptada a uma história que não requeria, conforme Rulfo disse, o experimentalismo de alguns contos e de *Pedro Páramo*.

O romance se divide em dezesseis sequências de extensão muito variável. Neste sentido, devemos destacar três aspectos em *O galo de ouro*: 1) avanço linear da história; 2) narração retrospectiva em duas ocasiões, e 3) existência, ou não, de um corte temporal entre as sequências correlativas. A primeira sequência mantém independência do resto, uma vez que serve para assinalar os antecedentes da história. Que começa, na verdade, no segundo fragmento, quando afirma: "Num daqueles anos." A partir desse momento e até o final, as precisões temporais que costumam aparecer no começo das sequências ajudam o narrador a situar a história. Em duas ocasiões essas alusões ao tempo se referem ao passado. De maneira significativa, recriam um momento crucial na vida dos dois protagonistas, o momento em que Dionisio e Bernarda decidem se casar (na sequência 10 do ponto de vista de Dionisio, e nas sequências 14 e 15 na perspectiva de Bernarda). A ruptura da linearidade narrativa proporciona a este episódio a singularidade que não teria se tivesse sido narrado em seu momento cronológico.

O mais chamativo, porém, do ponto de vista estrutural, é seu caráter circular. Como se se tratasse de um símbolo, o anel da rinha onde acontecem as brigas de galo se transforma na imagem de um espaço e de um tempo repetido. Lugares que celebram suas festas, e para onde se dirigem os protagonistas, sempre idênticos e a quem só o nome parece diferenciar. Vidas e histórias reiteradas ao longo dos anos. É o caso de La Caponera, cantora de festas como foi sua mãe e como será a sua filha, Bernarda Pinzón. É também o caso de Dionisio, pobre no começo do romance, rico depois, arruinado no final. Em *O galo de ouro* tudo gira, nesse círculo em que a sorte, a fortuna, parece decidir de forma arbitrária: se no começo do romance Dionisio é o galeiro do rico Secundino Colmenero, no final a situação se inverte, e a mesma coisa acontece na troca de papéis entre Lorenzo Benavides e Dionisio. O romance começa com a palavra "Amanhecia" e, em certa medida, finaliza com a frase "Havia amanhecido", pois, embora não sejam as últimas palavras, são as que aparecem no início da cena em que Dionisio perderá toda sua fortuna, o que desencadeia o final da história. A estrutura circular é característica na narrativa de Rulfo e simboliza uma concepção da realidade histórica que também encontramos em seus textos de tipo histórico e em seu trabalho fotográfico; seu profundo compromisso com a humanidade sofredora faz com que sua literatura tenha um forte tom de denúncia diante da opressão, material e espiritual, exercida de maneira secular por minorias de poder. Seu pessimismo em relação ao futuro fica bastante claro nas histórias que conta, nas quais tudo permanece imóvel, como se as mudanças fossem impossíveis: histórias de estrutura circular, que mostram um tempo detido ou esse "não tempo" que alcança sua expressão máxima em *Pedro Páramo*. Da mesma forma, *O galo de ouro* deve ser interpretado no contexto do resto da narrativa de Rulfo e de suas reivindicações ideológicas. A última sequência do romance nos mostra Bernarda Pinzón iniciando sua carreira de cantora num palco de uma rinha de galos. Como se se tratasse de um tempo cíclico, tudo volta a começar, no mesmo contexto do início do romance. Uma visão pessimista de um mundo festeiro, aparentemente superficial? Em uma de suas últimas entrevistas, Rulfo utilizou a imagem da vida como uma espécie de "roda da fortuna", aspecto que se faz essencial na questão ideológica de *O galo de ouro*, e que, da mesma forma, se reflete nessa estrutura circular:

> (...) os prêmios são como o destino. Estão girando sempre na roda da vida; às vezes, alguns são contemplados, e outros, não. E nessa roda a gente sempre está no centro, e ao redor de nós estão sempre girando a vida, a morte, a saúde, a doença, o destino, o infortúnio e a felicidade, que alternati-

vamente se aproximam de nós. Mas a única coisa inexorável desta espécie de serpente que morde a própria cauda é a vida e a morte.[8]

O *GALO DE OURO* TRANSCENDIDO

No ano 2000 uma produtora da televisão colombiana se inspirou no romance de Rulfo para realizar uma telenovela que foi transmitida com êxito no seu país e que também foi vista, no ano seguinte, no México, no Peru e, possivelmente, em outros países hispano-americanos. Seu título foi *La Caponera*, e aos personagens centrais do romance — Dionisio, Bernarda, Lorenzo — foram agregados outros vários, inventados. Menciono isso porque, embora a telenovela não tenha nada a ver com a obra de Rulfo (é uma telenovela típica, criada especialmente para que brilhe a bela cantora que é a protagonista), põe em evidência o impacto de *O galo de ouro* como expressão de valores populares que são, muitas vezes, desprezados pelas classes cultas. Não era fácil o tratamento literário dessa que pode ser classificada de "cultura popular".

8. O jornalista César Orué Paredes entrevistou Rulfo em abril de 1985, em Buenos Aires, durante a Feira do Livro. Essa entrevista foi publicada no jornal *Hoy*, de Assunção, no Paraguai, naquele ano. Tornou a ser publicada em 19 de janeiro de 1986 no suplemento "El Dominical de *Hoy*" (dados fornecidos por Víctor Jiménez).

Cruzar a fronteira da literatura constumbrista que a caracteriza supunha um verdadeiro desafio, porque a história que Rulfo narrava dava no centro do alvo deste mundo popular das "rancheiras", das rinhas, das festas ao redor das brigas de galo, dos jogos de baralho. Como era possível que Rulfo, que havia chegado a expressar a profundidade da solidão e do desamparo do ser humano, se sentisse interessado por temas tão superficiais? Pois porque talvez não fossem tão superficiais como pareciam, ou porque não podiam ser levantados a partir de posições diferentes das habituais. Se a festa era a exceção, a válvula de escape do dia a dia, talvez admitisse um tratamento mais profundo como expressão de uma filosofia vital que não era diferente da utilizada por Rulfo em seus outros textos literários. Nesta perspectiva, *O galo de ouro* reivindica outra dimensão porque a história da festa se dilui no dramatismo dos personagens, cujas histórias entendemos que não diferem das do resto dos personagens rulfianos. Seu fracasso torna a nos recordar a visão pessimista que Rulfo teve da realidade, e nos confirma que *O galo de ouro* se integra plenamente no contexto da sua obra literária.

JOSÉ CARLOS GONZÁLEZ BOIXO

Bibliografia

Arizmendi Domínguez, Marta Elia (2004), "El azar en *El gallo de oro* de Juan Rulfo", *Revista de Literatura Mexicana Contemporánea*, IX, p. 129-137.

Carrillo Juárez, Carmen Dolores (2007), "*El gallo de oro*: su género y sus relaciones hipertextuales cinematográficas", em Pol Popovic e Fidel Chávez (eds.), *Juan Rulfo: perspectivas críticas*, México, Século XXI, p. 241-258.

Ezquerro, Milagros (1992), "*El gallo de oro* o el texto enterrado", em Juan Rulfo, *Toda la obra*, ed. de Claude Fell, Madri, C.S.I.C. (Colección Archivos, 17), p. 683-697.

García Márquez, Gabriel (1980), "Breves nostalgias sobre Juan Rulfo", em *Juan Rulfo, homenaje nacional*, México, Instituto Nacional de Bellas Artes, p. 12.

González Boixo, José Carlos (1986), "*El gallo de oro* y otros textos marginados de Juan Rulfo", *Revista Iberoamericana*, 135-136, p. 489-505.

Leal, Luis (1980), "*El gallo de oro* de Juan Rulfo: ¿guión o novela?", *Foro Literario*, 7-8, vol. IV, ano IV, Montevidéu, 1980, p. 32-36.

_____. (1981), "El *gallo de oro* y otros textos de Juan Rulfo", em *Los mundos de Juan Rulfo, INTI, Revista de Literatura Hispánica,* 13-14, p. 103-110.

Pacheco, José Emilio (1959), "Imagen de Juan Rulfo", *México en la Cultura,* 540, 19 de julho, p. 3.

Ruffinelli, Jorge (1980), "*El gallo de oro* o los reveses de la fortuna", em *El lugar de Rulfo y otros ensayos,* Xalapa, Universidad Veracruzana, p. 55-65.

Rulfo, Juan (1980), *El gallo de oro y otros textos para cine,* Apresentação de Jorge Ayala Blanco, México, ERA.

_____. (2002), *Pedro Páramo,* Madri, Cátedra.

Vital, Alberto (2004), *Noticias sobre Juan Rulfo,* México, Editorial RM.

"Texto para cinema": *O galo de ouro* na produção artística de Juan Rulfo

"Juan Rulfo", me ensinou um professor da universidade em meados dos anos 1980, "é o criador de apenas dois volumes breves de ficção." Esta declaração equivocada que aprendi há mais de vinte anos e que continuo escutando e lendo com regularidade parece ter sido adotada como lei inviolável por muitos leitores profissionais e amadores. A afirmação desatende a valiosa contribuição de Rulfo ao campo da imagem visual no cinema e na fotografia, e ignora a existência de um romance curto — *O galo de ouro* — que frequentemente e sem justificativa foi marginalizado da *oeuvre* literária do escritor nascido em Jalisco.

Muitos dos jornalistas e acadêmicos que entrevistaram Rulfo nos longos anos posteriores à publicação de *Chão em chamas* em 1953 e *Pedro Páramo* em 1955 pediram ao escritor notícias sobre seu próximo projeto. Rulfo não publicaria nada novo até 1980, quando apareceram dois livros seus. O segundo dos dois títulos, *Juan Rulfo: homenagem nacional*,[1] apareceu em setembro e reuniu pela primeira vez na forma de livro uma seleção das fotografias do escritor. O volume foi publicado em paralelo à exposição de algumas de suas imagens, celebrada no Palácio de Belas-Artes, e serviu para dar a conhecer que Rulfo, que tinha tomado a sério a arte fotográfica desde os anos quarenta e cinquenta, era uma figura importante da fotografia nacional.

Meses antes, em março do mesmo ano de 1980, tinha sido publicado *O galo de ouro e outros textos para cinema*.[2] Essa coletânea consistia no romance do mesmo nome e duas obras breves — "O despojo" e "A fórmula secreta" — que Rulfo tinha escrito para amigos cineastas que pediram a ele textos para seus curtas-metragens. A edição incluía, além de uma seleção de imagens, uma nota esclarecedora sobre "A fórmula secreta", uma filmografia rulfiana e uma apresentação, além de notas, de Jorge Ayala Blanco, que era quem tinha se responsabilizado pela edição. Apesar do extremo interesse por novos textos narrativos de Juan Rulfo e do intervalo de vinte e cinco anos entre a publicação de *Pedro Páramo* e a de *O galo de ouro*, este segundo romance editado do escritor de Jalisco não conseguiu inspirar nem público nem crítica.

---

1. Juan Rulfo, *Juan Rulfo: homenaje nacional*, Instituto Nacional de Belas-Artes — Secretaria de Educação Pública, México, 1980; daqui em diante, será mencionado como *Juan Rulfo: homenaje nacional*.
2. Juan Rulfo, *O galo de ouro e outros textos para cinema*, apresentação e notas de Jorge Ayala Blanco, ERA, México, 1980; daqui em diante, *O galo de ouro*.

A marginalização de *O galo de ouro* na escrita rulfiana foi um tema recorrente nos poucos estudos sérios que foram publicados sobre esse texto, cujos autores ofereceram uma variedade de teorias para explicar a recepção ambivalente da obra. José Carlos González Boixo anotou, por exemplo, a escassa distribuição que a primeira edição do texto teve, e a reação morna que Rulfo parecia ter em relação à sua nova obra. "O próprio autor", acrescentou González Boixo, "se encarregou, à menor referência que se fez a esta obra, de desvalorizá-la, como se não tivesse desejado sua publicação."[3] Outros jornalistas e estudiosos apontaram — na maioria das vezes de maneira equivocada — a novidade de um texto que para muitos leitores parecia tão diferente da ficção que tínhamos conhecido em *Chão em chamas* e *Pedro Páramo*. A teoria que parece ter sido aceita quase universalmente, no entanto, atribui grande parte do esquecimento em que *O galo de ouro* caiu a uma associação nociva com o cinema. No momento da sua publicação, de acordo com esta perspectiva, *O galo de ouro* não foi avaliado de maneira séria como texto literário. Foi, isso sim, relacionado intimamente com a problemática adaptação ao cinema que Roberto Gavaldón tinha feito da obra dezesseis anos antes (*O galo de ouro*, 1964) e com uma cinematografia que muitos consideravam,

3. José Carlos González Boixo, "*O galo de ouro* e outros textos marginalizados de Juan Rulfo", *Revista Iberoamericana*, 52, 135-136, 1986, p. 490; daqui em diante, "*O galo de ouro* e outros textos marginalizados".

em 1980, medíocre. Ainda assim, a maior desventura da edição preparada em 1980 por Jorge Ayala Blanco parece ter sido a classificação inoportuna que *O galo de ouro* recebeu, de "texto para cinema".

Os melhores estudos feitos até hoje sobre *O galo de ouro* têm em comum um desejo de esclarecer a confusão de gênero que surgiu com a publicação deste romance. A obrigação que tantos estudiosos sentem de defender a filiação literária de *O galo de ouro* comprova que sua identificação como texto de cinema teria sido ubíqua e daninha. *O galo de ouro*, como declaram enfaticamente tantos pesquisadores, não é nem roteiro nem argumento para cinema. Não contém as indicações técnicas que se associam tipicamente com os textos escritos para cinema, enquanto sua estrutura é obviamente literária mais que cinematográfica.[4]

4. "*O galo de ouro*", diz Luis Leal em 1981, "é, apesar do aspecto esquemático da trama, um romance e não um argumento para cinema" ("*O galo de ouro* e outros textos de Juan Rulfo", *INTI: Revista de Literatura Hispánica*, 13-14, 1981, p. 110). Por sua vez, Jorge Ruffinelli classificou o texto de Rulfo como uma "fábula" ("Rulfo: *O galo de ouro* ou os reveses da fortuna", em seu livro *El lugar de Rulfo y otros ensayos*, Universidad Veracruzana, Xalapa, 1980, p. 64). José Carlos González Boixo diz que seu gênero se encontra "no meio do caminho entre um romance breve e um conto longo" ("*O galo de ouro* e outros textos marginalizados", p. 490), enquanto Milagros Ezquerro ("*O galo de ouro* ou o texto enterrado", em Claude Fell (coord.), *Toda la obra*, Conaculta, México, 1992, p. 683; daqui em diante, "*O galo de ouro* ou o texto enterrado") e Martha Elia Arizmendi Domínguez ("O acaso em *O galo de ouro* de Juan Rulfo", *Revista de Literatura Mexicana Contemporánea*, 10, 22, 2004, p. III) chamam o livro diretamente de romance breve. Recentemente, Alberto Vital (em "*O galo de ouro* hoje", em Víctor Jiménez, Alberto Vital e Jorge Zepeda (coords.), *Tríptico para Juan Rulfo: poesia, fotografia, crítica*, Congresso do Estado de Jalisco – Universidad Nacional Autónoma do México – Universidad

Além do mais, vários desses estudiosos nos recordam, como tiro de misericórdia: o próprio Juan Rulfo, numa carta que escreveu em 1968 para solicitar uma bolsa da Fundação Guggenheim, classificou *O galo de ouro* não como texto cinematográfico, mas como romance.[5] Os críticos que se alinharam na defesa do segundo romance editado de Juan Rulfo compartilham a mesma causa de livrar a obra de suas correntes cinematográficas. O leitor de *O galo de ouro*, como explica González Boixo num dos primeiros estudos sobre o romance, "fica livre para considerar este texto com categoria literária ou não, uma vez evitado o *preconceito* de sua dependência com o cinema".[6]

Sem lugar a dúvidas, a defesa da natureza literária de *O galo de ouro* foi correta, razoável e necessária.

Iberoamericana – Universidad Autónoma de Aguascalientes – Universidad de Colima – Faculdade de Filosofia e Letras da UNAM – Fundação Juan Rulfo – Editora RM, México, 2006, página 431; daqui em diante, "*O galo de ouro* hoje" e Carmen Dolores Carrillo Juárez ("*O galo de ouro*: seu gênero e suas relações hipertextuais cinematográficas", em Pol Popovic Karic e Fidel Chávez Pérez (coords.), *Juan Rulfo: perspectivas críticas*, Siglo XXI, México, 2007, p. 247; daqui em diante, "*O galo de ouro*: seu gênero" enfatizaram o aspecto depreciativo do termo "romance breve" para utilizar, em seu lugar, a palavra francesa *nouvelle*.

5. Rulfo escreve, no protocolo desse documento: "*O galo de ouro*. Romance, 1959. Não foi publicado por ter sido utilizado como argumento para o filme com o mesmo nome" (citado em Alberto Vital, *Notícias sobre Juan Rulfo: 1784-2003*, Editora RM – Universidad de Guadalajara – Universidad Nacional Autônoma do México – Universidad Autônoma de Tlaxcala – Universidad Autônoma de Aguascalientes – Fondo de Cultura Económica, México, 2003, p. 1.960; daqui em diante, *Noticias sobre Juan Rulfo*.

6. "*O galo de ouro* e outros textos marginalizados", p. 449-495, ênfase minha.

Equivocou-se, no entanto, em sua tentativa mal encaminhada de divorciar a obra rulfiana de suas raízes cinematográficas. A verdade é que a existência de *O galo de ouro* deve muito ao interesse que Juan Rulfo tinha pelo cinema e à associação com a indústria cinematográfica que ia desenvolvendo durante e pouco após sua época de maior atividade literária nos anos quarenta e cinquenta, um período que resultou na publicação de *Chão em chamas* e *Pedro Páramo*. Ou seja, uma reavaliação adequada do valor de *O galo de ouro* e de seu lugar dentro da *oeuvre* de Juan Rulfo não deve desprezar seu vínculo com o cinema numa tentativa — por mais valiosa que seja — de enfatizar suas qualidades literárias. Em sua filiação genérica, *O galo de ouro* não é um "texto para cinema" e padeceu um fenômeno de exclusão em grande parte por ter sido classificado assim. É, porém, um texto que goza de uma profunda e valiosa associação com a sétima arte, um enlace que oferece outra perspectiva da atividade criativa de um artista que em nenhum momento queria se limitar à narrativa literária.

AS RAÍZES CINEMATOGRÁFICAS DE *O GALO DE OURO*

Jorge Ayala Blanco propõe na apresentação que escreveu para *O galo de ouro e outros textos para cinema* que Rulfo "presumivelmente" teria escrito o texto principal dessa coleção "para o produtor Manuel Barbachano Ponce (...) talvez no começo dos anos sessenta".[7] Esta declaração breve foi repetida seguidamente para definir o porquê e o quando Rulfo escreveu seu segundo romance e ambos os detalhes são importantes para entender a conexão que a obra tem com o cinema mexicano. Lamentavelmente, Ayala Blanco não oferece a fonte da sua informação e é certo (como explicarei num momento) que o influente crítico de cinema se engana com relação à época de redação do texto rulfiano. Terá errado também ao declarar uma relação entre *O galo de ouro* e o produtor Barbachano? É isso o que justamente sugere Alberto Vital, autor da melhor biografia de Rulfo escrita até agora. "Nada indica", assegura Vital, "que o segundo romance integral de Rulfo tenha sido escrito por encomenda de um produtor, um diretor ou um ator."[8] Parece que Vital, que tantas vezes enfatizou, como crítico, o considerável interesse que Rulfo tinha pelo cinema como expressão artística, preferiu avançar com precaução no caso da origem de *O galo de ouro*. Vital duvida

7. Jorge Ayala Blanco, Apresentação, em Juan Rulfo, *O galo de ouro e outros textos para cinema*, ERA, 1980, p. 13-14, daqui em diante "Apresentação".
8. "*O galo de ouro hoje*", p. 429. A biografia de Vital que menciono é *Noticias sobre Juan Rulfo: 1784-2003*.

de que o texto fosse escrito para o cinema e nega que pertença a qualquer gênero cinematográfico, e assim espera defender melhor a filiação literária da obra. Apesar dos receios que Vital expressa, são significativos os dados que indicam que Rulfo escreveu *O galo de ouro* pensando na possibilidade de utilizar o texto para o cinema. A evidência não se fundamenta tanto na natureza do texto, que, como Vital e outros provaram, é mais literária que cinematográfica. Em vez disso, se apoia na história pessoal de um escritor que sempre havia mantido uma paixão pela imagem visual e que escreveu *O galo de ouro* numa época em que estava exploran-do ativamente novas oportunidades criativas na sétima arte.

Para melhor entender o lugar importante que *O galo de ouro* tem na produção artística de Juan Rul-fo, será necessário corrigir a cronologia da obra que foi feita por Ayala Blanco. O autor não escreveu seu segundo romance a ser publicado no começo dos anos sessenta, como sugeriu Ayala Blanco, mas alguns anos antes. Nem podemos aceitar a data que Rulfo ofereceu na sua solicitação para uma bolsa Gugge-nheim. Aliás, é provável que Rulfo tenha assinalado, no formulário de solicitação, 1959 como data de *O galo de ouro* por ser esse o ano, segundo Alberto Vital, em que o escritor entregou a obra ao Sindicato de Trabalhadores da Produção Cinematográfica da República Mexicana.[9] Vital usaria essa evidência para declarar que "o texto deve ter sido escrito em 1958".[10] Apesar da afirmação de Vital, o escritor de Jalisco deve ter escrito *O galo de ouro* ainda antes. Embora Roberto Gavaldón só fosse levar sua versão de *O galo de ouro* para a telona em 1964, os preparativos para essa adaptação já tinham sido anunciados em outubro de 1956 (se não antes) numa entrevista que o jornal *Esto* fez com Sergio Kogan, um dos produtores que haviam trabalhado com Gavaldón (como diretor) e Manuel Barbachano (como produtor) no filme *La Escondida*, que tinha sido lançado alguns meses

9. Especificamente, o que Vital diz é que a família de Rulfo conserva um manuscrito de *O galo de ouro* em cuja capa se lê o seguinte: "Registrado na Seção de Autores e Adaptadores do S.T.P.C. da R.M., sob o número 5983, na Cidade do México, no dia 9 de janeiro de 1959" (ver *Noticias sobre Juan Rulfo*, p. 160). Além disso, a família Rulfo também possui um "Certificado de Registro" do Sindicato de Trabalhadores da Produção Cinematográfica. Este documento confirma que Rulfo registrou um argumento para cinema com essa organização, com o número 5983. No entanto, a data do registro não é 9 de janeiro de 1959, como indica a capa mencionada por Vital, mas um dia antes, 8 de janeiro. A data não é a única discrepância entre as fontes: enquanto o manuscrito se intitula *O galo de ouro*, o certificado registra a obra sob o título alternativo "Do nada ao nada".

10. *Noticias sobre Juan Rulfo*, p. 160. Yvette Jiménez de Báez também identificou 1958 como data da redação de *O galo de ouro* "a partir de uma nota de Carlos Velo dirigida ao escritor, datada de 27 de novembro de 1958, que pude ler na casa da família Rulfo, na qual o cineasta comenta: 'Vamos ver quando conversamos sobre o GALO e o PÁRAMO. Barbachano está impaciente para começar as adaptações'" ("Da história ao sentido" e "O galo de ouro", em seu livro *Juan Rulfo, do páramo à esperança: uma leitura crítica da sua obra*, Fondo de Cultura Económica, México, 2ª. ed., 1994, p. 261, nota 39).

antes. "Vejam só", diz Kogan falando de *O galo de ouro*, "não tive uma verdadeira boa história até uns poucos dias atrás. Trata-se de um relato especialmente escrito para cinema por Juan Rulfo, e se chama 'O Galo Dourado'."[11]

---

11. Anônimo, "Sergio Kogan: 'Você tem um argumento? Traga para mim!'", *Esto*, seção B, p. 4. É possível que a versão publicada de *O galo de ouro* não seja a única escrita por Rulfo. Gabriel García Márquez, por exemplo, mencionou que viu uma versão da obra no começo dos anos sessenta: "Carlos Velo me encomendou a adaptação para cinema de outro relato de Juan Rulfo, que era o único que naquele momento eu não conhecia: *O galo de ouro*. Eram 16 páginas muito apertadas, num papel de seda que estava a ponto de virar pó, e escritas em três máquinas diferentes. Mesmo que não me tivessem dito de quem era, eu saberia de imediato" (Gabriel García Márquez, "Breves nostalgias sobre Juan Rulfo", em Juan Rulfo, *Juan Rulfo: homenaje nacional*, p. 32). É possível que este seja o mesmo texto que Kogan havia lido em 1956? Seria também possível que esta(s) versão(ões) do romance rulfiano tivesse(em) uma estrutura mais cinematográfica? Ou o mais provável é que Kogan e García Márquez tenham lido um simples resumo (ou resumos) que Rulfo ou alguém mais tenha feito do romance? Não sei. Víctor Jiménez, diretor da Fundação Juan Rulfo, indicou, em correspondência comigo, que a única versão do romance que a família Rulfo conserva é "a cópia em papel-carbono, de 42 páginas, que é a registrada em 1959 e serviu para fazer a edição de 1980". Certo mesmo é que Rulfo sugeriu mais de uma vez a possibilidade de múltiplas versões do seu texto. Diz, numa entrevista que foi publicada em julho de 1959 por José Emilio Pacheco, que estava trabalhando "em *O galo de ouro*, romance inédito que transformei em roteiro de um filme que Manuel Barbachano Ponce vai produzir" (José Emilio Pacheco, "Imagem de Juan Rulfo", *México en la Cultura* (suplemento do jornal "Novedades!", 540, 19 de julho de 1959, p. 3). É interessante notar, nesta entrevista, que Rulfo esclarece que estava, de alguma forma, trabalhando em *O galo de ouro* em meados do ano de 1959, embora outra evidência, já mencionada, indique que o escritor tinha entregue uma versão dessa obra em janeiro ao Sindicato de Trabalhadores da Produção Cinematográfica da República Mexicana (ver Alberto Vital, *Noticias sobre Juan Rulfo*, p. 160). Além disso, Rulfo parece sugerir que ele mesmo havia escrito uma versão de cinema (um "roteiro") da obra depois de haver terminado o romance. Milagros Ezquerra se fundamenta numa conversa que Luis Leal teve com Juan Rulfo em 1962 para também sugerir que Rulfo fez

A alusão que Kogan faz, com tanta antecipação, a *O galo de ouro* é significativa. Primeiro, sugere que Rulfo teria escrito o romance — ou uma versão dele — muito antes do que alguns haviam pensado. É provável, de fato, que Rulfo tivesse começado a escrever *O galo de ouro* em 1956 para terminá-lo no ano seguinte, conforme indicou Víctor Jiménez.[12] O *galo de ouro* é concebido, então, a meados da década

---

uma versão para cinema de *O galo de ouro*, que escreveu depois de haver terminado o romance: "Juan Rulfo tinha escrito um romance, *O galeiro*, e, quando pediram a ele um script para cinema, ele se inspirou no romance. O roteiro foi recusado porque 'tinha muito material que não podia ser usado', e Rulfo, sem dúvida desanimado por essa recusa, não publicou, destruiu o romance, ao menos simbolicamente, esquecendo-o em alguma gaveta de onde mãos piedosas o resgataram, por sorte, para publicá-lo em 1980" ("*O galo de ouro* ou o texto enterrado", p. 685). Anos depois, na carta que dirigiu em 1968 à fundação Guggenheim, Rulfo também declararia que o romance existiu antes do roteiro que Gavaldón usou: "Outro romance, *O galo de ouro*, escrito anos mais tarde, não foi publicado, pois antes de ir para a gráfica um produtor cinematográfico se interessou nele, mudando-o para adaptá-lo para o cinema. A referida obra, da mesma forma que as anteriores, não foi escrita com essa finalidade. Em resumo, não voltou às minhas mãos a não ser como script, e para mim não foi fácil reconstruí-la" (Juan Rulfo, "Documento de Juan Rulfo sobre sua obra", em Alberto Vital, *Noticias sobre Juan Rulfo*, p. 207). Supõe-se, porém, que o script aqui mencionado por Rulfo não seria uma versão escrita por ele mesmo. Para simplificar o assunto das possíveis versões de *O galo de ouro*, Carmen Dolores Carrillo Juárez, num estudo recente sobre *O galo de ouro*, diz simplesmente que "se o texto que temos não é mais a primeira versão, é, sim, considerado pelo autor como um romance reconstruído" ("*O galo de ouro*: seu gênero", p. 242). Finalmente, parece possível — embora sem muita certeza — que Rulfo tenha escrito duas versões de seu segundo romance: uma, puramente literária, que foi registrada em 1959 e publicada em 1980, e outra (talvez simplesmente um resumo) que tivesse uma estrutura mais cinematográfica.

12. Ver Douglas J. Weatherford, "Gabriel Figueroa y Juan Rulfo", *Lunea Córnea*, 32, 2008, p. 498, nota 3; daqui em diante, "Gabriel Figueroa y Juan Rulfo".

de cinquenta, uma época importante na vida criativa do jovem escritor. Rulfo, que havia ganho uma fama quase repentina com a publicação de *Chão em chamas* e *Pedro Páramo*, sentia certa responsabilidade por continuar uma inovação que havia caracterizado suas primeiras publicações, e parece claro que o autor imaginou e escreveu *O galo de ouro* num momento em que buscava novos desafios artísticos. *O galo de ouro*, em todo caso, não igualaria a complexidade narrativa de suas obras anteriores e muitos leitores enfatizaram as tendências tradicionais deste romance para distanciá-lo da escrita da ficção rulfiana. Alberto Vital, que ergueu a voz mais enérgica em defesa do valor literário de *O galo de ouro*, condenou num estudo recente a inépcia da crítica mexicana da época que, segundo ele, não soube contextualizar o lugar do segundo romance de Rulfo.[13] Vital afirma que *O galo de ouro* tem elementos criativos originais e que representam uma nítida tentativa do escritor para abarcar novos territórios como romancista. Ainda assim, a busca das raízes inovadoras desta obra não deve se limitar a elementos literários do escritor, que era admirador de muitas formas artísticas, demonstrava um interesse particular pelas oportunidades que o campo da imagem visual apresentava. Aliás, Rulfo empreenderia em 1955 e 1956

13. Ver Alberto Vital, "*O galo de ouro* hoje".

(na mesma época em que começa a escrever *O galo de ouro*) uma ligação leve, mas também intrigante, com a indústria cinematográfica do México, que prometia ao escritor um novo veio para explorar suas inquietações criativas.

A atração que Rulfo sentia pela imagem visual, como já mencionei, não nasceu depois da publicação das suas duas obras mais famosas, mas muito antes. Rulfo, que tinha sido durante anos um aficionado da fotografia, começou a fazer imagens em meados dos anos trinta e chegou a praticar essa forma artística seriamente durante sua vida, especialmente nos anos quarenta e cinquenta. Embora várias publicações recentes tenham tornado acessível boa parte do material fotográfico do escritor, a Fundação Juan Rulfo conserva milhares de fotografias impressas que ainda não estão disponíveis para o público. Mas o interesse que Rulfo expressou pelo visual não se limitou à fotografia. O escritor tinha sido, como sua viúva explicou, "um espectador consumado de cinema"[14] e chegou a cultivar sua paixão pela tela grande nos anos quarenta, quando, como um crítico relembrou, conseguiu "ser nomeado supervisor das salas cinematográficas da cidade de Guadalajara, o que permite que veja todas as películas que são exibidas nessa capital".[15] Certo é

14. Citado em Alberto Vital, *Noticias sobre Juan Rulfo*, p. 154.
15. Víctor Jiménez (sem firmar), "As exposições fotográficas de Juan Rulfo, *Los Murmullos: Boletín de la Fundación Juan Rulfo*", 2, segundo semestre de 1999, p. 45.

que Rulfo estava desenvolvendo sua curiosidade pela fotografia e pelo cinema em seus anos (os quarenta e cinquenta) mais produtivos como escritor, e as duas formas artísticas (a literária e a visual) parecem ter se influenciado mutuamente. Alguns críticos, por exemplo, assinalaram a fascinação que Rulfo tinha pela sétima arte ao demonstrar que o escritor concebeu *Pedro Páramo* em termos visuais, e que escreveu utilizando múltiplas técnicas do cinema.[16] É a fama que conquistou com a publicação de seus dois primeiros livros, em meados dos anos cinquenta, porém, que abriu ao escritor uma verdadeira possibilidade de imaginar uma carreira alternativa no cinema.

---

16. "Na produção literária de Rulfo", diz Gustavo Fares, "chama a atenção a quantidade de recursos com origem em técnicas cinematográficas" ("Juan Rulfo en el cine", em seu livro *Ensayos sobre la obra de Juan Rulfo*, Peter Lang, Nova York, 1998, p. 95). Em um estudo meu, sugeri que a atração que Rulfo tinha pelo cinema era tão profunda que o escritor se inspirou em *Citizen Kane*, de Orson Welles, ao escrever *Pedro Páramo* (ver Douglas J. Weatherford, "*Citizen Kane y Pedro Páramo*: uma análise comparativa", em Víctor Jiménez, Alberto Vital e Jorge Zepeda (coords.), *Tríptico para Juan Rulfo; poesia, fotografia, crítica*, Congresso do Estado de Jalisco – Universidad Nacional Autónoma do México – Universidad Iberoamericana – Universidad Autónoma de Aguascalientes – Universidad de Colima – Faculdade de Filosofia e Letras da UNAM – Fundação Juan Rulfo – Editora RM, México, 2006, p. 501-530). Outros estudos que tentaram vislumbrar a importância de elementos fílmicos na obra de Rulfo incluem os de Arthur Ramírez ("Spatial Form and Cinema Techniques in Rulfo's *Pedro Páramo*", *Revista de Estudios Hispánicos*, 15, 2, maio de 1981, p. 233-249) e J. Patrick Duffey (*Da tela ao texto: a influência do cinema na narrativa mexicana do século vinte,* trad. De Ignacio Quirarte, Universidad Nacional Autónoma do México, México, 1996).

Nos meses e anos posteriores à publicação de *Chão em chamas* e de *Pedro Páramo*, vários diretores expressaram seu desejo de levar a narrativa rulfiana às telas. Alfredo B. Crevenna foi o primeiro a conseguir, quando filmou *Talpa* no fim de 1955. Rulfo ganhou muito pouco pelos direitos deste filme, que está baseado em seu conto do mesmo nome, e o jovem escritor não ficou satisfeito com o resultado. Outra oportunidade de participar na produção cinematográfica se apresentou a ele naquele mesmo ano, em novembro, quando Rulfo viajou até a Fazenda de Soltepec, no estado de Tlaxcala, para acompanhar as filmagens de *La Escondida*, um filme no qual participavam algumas das figuras mais importantes do cinema mexicano da época. O diretor era Roberto Gavaldón, e o produtor era Manuel Barbachyano. Gabriel Figueroa era o diretor de fotografia, enquanto Pedro Armendáriz e María Félix, entre outros, apareciam no elenco. Rulfo apareceu no set com sua câmera pessoal na mão e passou grande parte do tempo documentando sua experiência em imagens, muitas das quais se tornaram acessíveis ao público em exposições e publicações da sua obra fotográfica.

Rulfo não era o *still* oficial do projeto, mas sua presença durante as filmagens de *La Escondida* tinha outro objetivo. Gavaldón tinha convidado o jovem escritor para servir como assessor histórico do filme, cuja ação se localiza durante a Revolução Mexicana.

Embora Rulfo não fosse uma pessoa anônima durante as filmagens, é possível, como foi assinalado em outro lugar, que ao cumprir sua responsabilidade de supervisão histórica o autor não tenha sido uma figura muito visível ou importante no set.[17] Por certo, o propósito verdadeiro de Rulfo poderia ter sido a intenção de Gavaldón e de Barbachano (conforme sugeriu Ayala Blanco) de se congraçar com um jovem e talentoso autor e melhorar desta maneira suas possibilidades de filmar uma obra rulfiana no futuro, algo que conseguiram quando os dois trabalharam juntos para filmar a primeira adaptação de *O galo de ouro* em 1964. Não conheço fonte alguma que descreva quando teve início a relação criativa — nem formal, nem legal — entre Gavaldón, Barbachano e Rulfo, que resultaria eventualmente na produção de *O galo de ouro*. O fato de que Sergio Kogan (um produtor secundário que trabalhava com Gavaldón e Barbachano em *La Escondida*) já tivesse lido uma versão (ou, talvez, um resumo) de *O galo de ouro* em 1956 sugere que tinha sido formalizado algum tipo de associação naquele ano, se não antes. Indica, além do mais, que é provável que Rulfo escrevesse o seu segundo romance pensando que sua obra — apesar de ter uma estrutura literária, e não

---

17. Ver meu estudo "Gabriel Figueroa e Juan Rulfo" (p. 481-482, nota 3), no qual desenvolvo mais minha afirmação (e a dívida que tenho também com Víctor Jiménez) sobre o propósito de Gavaldón ao convidar Rulfo para trabalhar nas filmagens de *La Escondida* como supervisor histórico.

cinematográfica — seria utilizada como argumento original para o desenvolvimento de um roteiro.[18]

Embora a recém-nascida carreira cinematográfica de Rulfo estivesse plena de possibilidades no final dos anos cinquenta, a sétima arte era uma opção recreativa que para ele seria sempre um tanto fortuita e acidentada. Ainda assim, entre os anos 1955 e 1964 (o período em que o autor está mais diretamente envolvido com o cinema), Rulfo participaria, de alguma forma, na produção de pelo menos oito filmes, uma quantidade que nos mostra que o interesse que ele tinha pelas suas opções criativas dentro do cinema não era passageiro. A carreira cinematográfica de Rulfo se inicia em 1955, como já indiquei, quando Alfredo B. Crevenna filma sua primeira adaptação de um texto rulfiano (*Talpa*) e quando o escritor esteve com Roberto Gavaldón no set de *La Escondida*. Nos anos seguintes Rulfo teria contato com outros diretores que, como os dois primeiros, queriam contar com o apoio do escritor famoso. Em 1959, por exemplo, Rulfo viajou ao estado de Hidalgo, com Antonio Reynoso, para ajudar o amigo na filmagem do curta-metragem independente *El Despojo* (1960). Rulfo escreveu os diálogos para o projeto e fez diversos *stills*, alguns dos quais se

18. José Carlos González Boixo apoiou esta suposição do propósito fílmico do romance rulfiano quando declarou em 1986 que "o próprio autor me confirmou que se tratava de um argumento para esse filme [*O galo de ouro*]" ("*O galo de ouro* e outros textos marginalizados", p. 494).

encontram entre as imagens mais reproduzidas em exposições e publicações de fotografias do escritor. Pouco depois, em 1961, o exilado espanhol Carlos Velo levou o escritor até o sul de Jalisco e até Colima para buscar as locações para a filmagem de sua adaptação de *Pedro Páramo* (que não sairia até 1966). No ano seguinte, Rulfo aparece como co-roteirista nos créditos de *Paloma herida* (1962), ao lado de Emilio Fernández, embora o escritor tenha falado muito pouco de sua colaboração com Fernández e negasse ter contribuído de maneira significativa no projeto.[19]

É, porém, no ano de 1964 que a carreira cinematográfica de Rulfo chega ao seu apogeu e — com poucas exceções — à sua conclusão. No total, Rulfo aparece nos créditos de três filmes que levam essa data como ano de produção. Rubén Gámez utilizou um fragmento poético que Rulfo escreveu para filmar *La fórmula secreta,* enquanto Roberto Gavaldón filmou O *galo de ouro.* A participação mais inesperada de Rulfo pertence também a este ano tão ativo, quando Alberto Isaac pediu a ele que participasse num projeto de filme, mas não como escritor. Isaac con-

19. É difícil estabelecer qual o verdadeiro papel que Rulfo teve na redação do roteiro para *Paloma herida.* Apesar disso, seu nome aparece numa versão do roteiro que a família Rulfo conserva. Esse texto indica que Emilio Fernández é o diretor e a pessoa responsável pelo argumento original. Abaixo, lê-se o seguinte: "ADAPTAÇÃO: JUAN RULFO". É importante notar, além disso, que o roteiro tem a data de 1956, indicando que Rulfo teria apoiado Fernández nesse projeto, no mesmo ano em que começou a escrever O *galo de ouro.*

fiou em vários de seus amigos famosos para filmar *En este pueblo no hay ladrones*, um filme que tinha como base um texto de Gabriel García Márquez, que ajudou no roteiro e apareceu como ator secundário, ao lado de Alfonso Arau, Carlos Monsiváis, Arturo Ripstein, José Luis Cuevas e Luis Buñuel, entre outros. A atuação mais assombrosa do filme pode ter sido, porém, a de Juan Rulfo, que aparece como extra numa cena breve e com uma pequena fala. Apesar de sua atividade intensificada no cinema durante 1964, Rulfo já se sentia frustrado com os resultados de muitos dos filmes que levavam seu nome e, a propósito ou não, diminuiu precipitadamente seu envolvimento pessoal com a indústria cinematográfica a partir desse ano, quando parece haver abandonado em grande parte suas expectativas nesse ramo.[20] Como explicar a

---

20. Embora o *Pedro Páramo* de Carlos Velo tenha o ano de 1966 como seu ano de produção, incluo esse filme na lista daqueles nos quais Rulfo colaborou entre 1955 e 1964, porque sua participação nesse filme está vinculada principalmente a 1961, quando o autor viajou com Velo a Jalisco e Colima, para buscar locações. Outras adaptações brotarão da ficção rulfiana depois de 1966 e antes de 1986, ano em que Juan Rulfo morreu. Embora ele não tenha tido parte direta na produção desses filmes, apoiou e deu sugestões significativas a pelo menos dois diretores dessa época, que planejavam adaptações de obras dele: Mitl Valdéz, que fez dois filmes (*Tras el horizonte*, 1984, e *Los confines*, 1987), e José Bolaños, que filmou uma segunda versão do romance maior de Rulfo (*Pedro Páramo: El hombre de La Media Luna*,1976). Outras adaptações daquele período que não mostra uma clara participação pessoal do autor incluem *El rincón de las vírgenes* (1972, dir. Alberto Isaac) e *No oyes ladrar a los perros?/ N' entends-tus pas les chiens aboyer?* (1974, dir. François Reichenbach). Existe certa evidência adicional de que Rulfo pode ter participado, de forma limitada, em outros filmes dessa época.

desaparição de Rulfo no cinema depois de 1964? Seria difícil adivinhar todas as motivações de um homem tão solitário e hermético. É certo, porém, que a experiência negativa de Rulfo com a primeira versão para o cinema de *O galo de ouro* está profundamente ligada a esse assunto.

Duas adaptações: *O galo de ouro* (1964) e *O império da fortuna* (1985)

O galo de ouro (1964) foi dirigido por Roberto Gavaldón e produzido por Manuel Barbachano e a CLASA Films Mundiales. Foi filmado entre junho e julho de 1964 nos Estudios Churubusco e em várias locações do estado de Querétaro, para estrear meses depois, em dezembro. Gavaldón escreveu o roteiro com apoio de Carlos Fuentes e do futuro Prêmio Nobel Gabriel García Márquez, e os três ganharam estatuetas Deusas de Prata em 1965, pelos seus esforços. Gabriel Figueroa se encarregou da direção de fotografia e o elenco incluiu Ignacio López Tarso como Dionisio Pinzón, Narciso Busquets como Lorenzo Benavides e Lucha Villa, que ganhou uma Deusa de Prata de melhor atriz, no papel de La Caponera. Além dos prêmios já mencionados, houve também uma Deusa de Prata de melhor filme. Rulfo conhecia os escritores e muitos dos cineastas que trabalharam na adaptação, mas, apesar desta conexão com o projeto, não ficou satisfeito com o resultado e pouco falou em entrevistas sobre a adaptação. Com isso, coube aos críticos e biógrafos de Rulfo a tarefa de descrever o valor da adaptação de Gavaldón e adivinhar o efeito que sua estreia teve num escritor que tanto se empenhava pela qualidade e a frescura de seus projetos artísticos, que preferiu destruir vários de seus escritos em vez de permitir que vissem a luz da vida editorial.

Embora *O galo de ouro* tivesse ganho tantos prêmios nacionais de cinema, o filme foi, com frequência, sacudido por muitos críticos, que viram uma obra antiquada e folclórica que, além do mais, falhou em sua intenção de representar visualmente o ambiente mexicano e o espírito inovador da ficção de Juan Rulfo. É verdade que algumas destas queixas apareceram antes que fosse levado ao público o romance em que se baseava a adaptação de Gavaldón, e que os acusadores não podiam ter conhecido a verdadeira natureza da obra rulfiana. Não obstante, tanto os detratores madrugadores que não conheciam o argumento de Rulfo como os que surgiram depois da publicação dessa obra em 1980 parecem ter identificado o que mais teria incomodado o escritor ao ver levado às telonas seu segundo romance: a perda do tom e da textura de sua obra original.[21]

A incapacidade do filme de Gavaldón para reproduzir o mundo rulfiano, aliás, é uma queixa que se repete com frequência. *O galo de ouro* é um "melodrama caipira", sugeriu Emilio García Riera, oferecendo uma classificação genérica para a adaptação que não poderia ter agradado ao criador de contos tão originais e antissentimentais de *Chão em chamas*.[22] Embora Gavaldón tenha cumprido, conforme acrescenta Jorge Ayala Blanco, "o trâmite de dar crédito a Rulfo, seu filme não tinha nem remotamente algo a ver com o original, que continua à espera de ser levado fielmente ao cinema".[23]

Seria errôneo subestimar o papel nocivo que terá tido a versão para cinema que Gavaldón fez de *O galo de ouro*. Esse filme aumentou a decepção que Rulfo sentia em meados dos sessenta diante de suas intenções de

21. Vários estudiosos abordaram algumas das profundas diferenças que existem entre o texto de Rulfo e a adaptação de Gavaldón. As mudanças que se encontram no filme de Gavaldón incluem, entre outras coisas, uma protagonista (La Caponera) que não é a mesma mulher misteriosa do texto rulfiano, um contexto social que exorciza a crítica social do México pós-revolucionário que é tão óbvia na literatura rulfiana e uma conclusão moralista e reacionária muito distante do fim pessimista e desesperado de Rulfo. Ver, entre outros estudos, "*O galo de ouro*: seu gênero e suas relações hipertextuais cinematográficas", de Carmen Dolores Carrilo Juárez.

22. Emilio García Riera, *Historia documental del cine mexicano*, vol. 12, Universidad de Guadalajara, Guadalajara, 1997, p. 13.

23. "Apresentação", p. 14.

considerar uma possível carreira secundária na sétima arte, e, conforme Alberto Vital sugeriu, a adaptação contribuiu para a fria recepção que teve o romance ao ser publicado, uma década e meia mais tarde:

> O relativo fracasso de *O galo de ouro*, agravado, e na verdade quase provocado por uma estranha recepção ativa, muito pouco rulfiana, através do filme de Gavaldón, contribuiu para cancelar prematuramente um dos veios mais ricos: uma literatura que continuasse a incidir na carne viva da realidade mexicana e aproveitando, como *Pedro Páramo* já tinha feito, a renovação do discurso narrativo através da frescura, da claridade, da concreção e da contundência injetadas por ele por artes afins, como o cinema e a fotografia.[24]

Vital não se queixou somente da adaptação de Gavaldón. O biógrafo rulfiano reconhece que as origens do desengano que Rulfo ia sentindo diante da representação fílmica da sua obra narrativa não estão em 1964 mas muito antes, em 1955, quando apareceu *Talpa*, a primeira adaptação de um texto seu e que incomodou o escritor pessoal e profissionalmente, muito mais do que alguém tenha se dado conta antes. "Ninguém disse, em cinquenta anos", declarou Vital recentemente, "uma única palavra sobre o tremendo

24. "*O galo de ouro* hoje", p. 433.

impacto negativo que um filme tão grosseiramente traidor como *Talpa* produziu em Rulfo."[25]

A primeira adaptação do romance obra-prima de Rulfo não aliviou a decepção. *Pedro Páramo* foi filmado em 1966 para estrear no ano seguinte. Os preparativos para o projeto, porém, tinham sido iniciados em 1960, quando o diretor Carlos Velo, um exilado da Galícia que tinha sido vizinho e amigo de Rulfo, propôs a Manuel Barbachano a ideia do filme. Embora o escritor não fosse participar diretamente da elaboração do roteiro nem das filmagens, em 1961 viajou com Velo, como já foi mencionado, ao sul de Jalisco e de Colima para ajudar o diretor a procurar locações e a conhecer a região que tanto havia servido de inspiração para que ele escrevesse o seu primeiro romance. Velo se dedicou fervorosamente à iniciativa e procurou muitos dos mesmos cineastas que tinham trabalhado na versão para cinema de *O galo de ouro*: Manuel Barbachano era o produtor e Gabriel Figueroa, o diretor de fotografia, enquanto Carlos Fuentes e Gabriel García Márquez de novo se juntaram para ajudar Velo a escrever o roteiro. Apesar dos esforços de Velo e da participação de tantos artistas renomados, o filme teve uma recepção fria quando estreou no Festival de Cannes em 1967 e depois ao estrear no México. Juan Rulfo, por sua vez, expressou sua insatisfação com a adaptação quando pediram sua opinião numa

25. "*O galo de ouro* hoje", p. 433.

entrevista: "É muito ruim. Foi um filme muito ruim. Foi feito por Velo, quando de repente resolveu fazer cinema e me agarrou para bode expiatório."[26]

A mediocridade de *Talpa* (1955), de *O galo de ouro* (1964) e de *Pedro Páramo* (1966) e a inépcia dessas três adaptações cinematográficas para recriar o mundo rulfiano desenganaram profundamente o escritor e, ao lado de algumas outras adaptações malogradas de obras dele filmadas nos anos setenta e oitenta, esses filmes deram como resultado uma denúncia frequente das limitações da filmografia relacionada a Juan Rulfo. No prólogo que escreveu em 1980 para *O galo de ouro e outros textos para cinema*, por exemplo, Jorge Ayala Blanco lamenta: "(...) em termos gerais, (a filmografia de Rulfo) é integrada por trabalhos medíocres e servis, quando não grotescas ou muito distantes versões de suas obras narrativas."[27] Dos filmes feitos antes de 1980, apenas dois (*El despojo* e *La fórmula secreta*) se salvam dessa crítica. Aliás, a condenação à escrita fílmica associada a Rulfo chegou a ser tão comum entre jornalistas e críticos mexicanos, especialmente nos anos oitenta, que alguns perguntaram, como fez José de la Colina no título de um comentário publicado em 1980, "Rulfo é possível no cinema?".[28] Por sorte,

---

26. Juan Rulfo, "Juan Rulfo examina a sua escrita", *Escritura*, 1, 2, 1976, p. 315.
27. "Apresentação", p. 11.
28. José de la Colina, "¿Es Rulfo posible en el cine?", *La letra y la Imagen*, 39, 22 de junho de 1980, p. 13.

a partir daquela época novas gerações de diretores se aproximaram de Juan Rulfo para oferecer filmes baseados na vida e na obra do escritor, e que são criativos, interessantes e bem realizados, e que confirmam que a ficção dele oferece, sim, um campo fértil para os praticantes da sétima arte. Uma das adaptações mais bem-sucedidas da ficção de Rulfo é *O império da fortuna*, que retorna a *O galo de ouro* para oferecer uma nova interpretação cinematográfica deste romance.[29]

O império da fortuna, uma produção do Instituto Mexicano de Cinematografia, foi filmado em 1985 em

---

29. Ao lado de *O império da fortuna* (1985), de Arturo Ripstein, alguns dos melhores filmes que se inspiraram na vida e na obra do escritor incluem *Diles que no me maten* (1985), do venezuelano Freddy Sisso, *Los confines* (1987), de Mitl Valdez, *El abuelo Cheno y otras historias* (1995) e *Del olvido al no me acuerdo* (1999), de Juan Carlos Rulfo, *Zona cero* (2003), de Carolina Rivas, e *Purgatorio* (2008), de Roberto Rochín. Além do mais, é justo recordar que os cineastas que foram até Juan Rulfo antes da sua morte representam uma agrupação impressionante de artistas talentosos, muitos deles eram ou chegariam a ser nomes importantes tanto no cinema comercial como no independente (Manuel Barbachano, Roberto Gavaldón, Gabriel Figueroa, Emilio Fernández, entre outros) e na literatura latino-americana (Carlos Fuentes e Gabriel García Márquez, por exemplo). Tampouco se deve esquecer que a bitácula fílmica de obras nas quais Juan Rulfo participou entre 1955 e 1966 inclui duas obras impressionantes e realmente duradouras (*A fórmula secreta* e *En este pueblo no hay ladrones*) e outras que, apesar de debilidades óbvias, são acréscimos admiráveis e interessantes ao cinema nacional (*La escondida*, *El despojo*, *O galo de ouro* e *Pedro Páramo*). Mesmo os dois filmes mais criticados daquela época (*Talpa* e *Paloma herida*) merecem certa aprovação: *Talpa*, com vários prêmios nacionais, era um dos projetos mais ambiciosos e importantes de 1955, enquanto *Paloma herida* conseguia distrair, apesar de ter sido filmado em situações muito difíceis e numa época em que a carreira de Emilio Fernández como diretor estava em declínio.

locações do estado de Tlaxcala e, como na adaptação de Gavaldón de duas décadas antes, nos Estudios Churubusco. Arturo Ripstein dirigiu o filme e contou com sua talentosa esposa, Paz Alicia Garciadiego, para escrever o roteiro. Ernesto Gómez Cruz encabeçou o elenco no papel de Dionisio Pinzón, enquanto Blanca Guerra sobressaiu como La Caponera. Filmado antes da morte de Rulfo, em janeiro de 1986, estreou em maio de 1987 e ganhou muitos Arieles e Deusas de Prata, além de alguns prêmios em festivais internacionais. A Academia Mexicana de Artes e Ciências também concedeu a Rulfo um póstumo Ariel pelo melhor argumento original.

O império da fortuna, de Ripstein, e *O galo de ouro*, de Gavaldón, são muito diferentes nas visões que oferecem do México e do mundo que Rulfo retratou em seu segundo romance editado. Como este estudo não pretende ser uma comparação detalhada dessas duas adaptações, prefiro me concentrar no começo do romance de Rulfo para sugerir brevemente algumas das maneiras com que os dois diretores alteraram o argumento original para servir às suas próprias visões criativas. O romance de Rulfo começa com uma palavra, solitária, porém evocativa: "Amanhecia". A descrição que vem a seguir merece ser considerada ao lado dos melhores exemplos de exposição encontrados na ficção de Rulfo. É uma sequência narrativa que imita a tendência cinematográfica de empregar no começo de uma nova cena um plano de situação, ou seja, um plano longo que oriente o público ao identificar o ambiente em que a ação dos seguintes planos mais próximos ocorrerá. Nos primeiros parágrafos de *O galo de ouro* Rulfo apresenta de forma descritiva e visual (embora breve) o pequeno povoado de San Miguel del Milagro, que amanhece. Emula o plano de situação da sétima arte ao descrever a voz de um pregoeiro que grita na distância: "Longe, tão longe que não se entendiam suas palavras, ouvia-se o clamor de um pregoeiro."[30] Rulfo se aproxima pouco a pouco do sujeito, até que seus gritos são ouvidos direito: "Conforme as mulheres se afastavam rumo à igreja, ouvia-se melhor o anúncio do pregoeiro, até que, parado numa esquina, formando uma concha com as mãos, lançava seus gritos agudos e afiados."[31] Agora, Rulfo pode descrever com mais detalhes a vida do seu pregoeiro: sua pobreza e sua fome, seu "braço entrevado", sua mãe "doente e velha", La Caponera que tanto irá fasciná-lo e as novas oportunidades que tem um ano quando chegam a San Miguel del Milagros "as festas mais animadas e concorridas que tinha havido em muitas épocas".[32] A história que Rulfo escreve e as descrições do México provinciano que oferece (como acontece em *Chão em chamas* e em

30. *O galo de ouro*, esta edição, p. 17.
31. *O galo de ouro*, esta edição, p. 18.
32. *O galo de ouro*, esta edição, p. 21.

Pedro Páramo) são realistas sem ser degradantes, e míticas sem serem romantizadas. As maneiras com que Roberto Gavaldón e Arturo Ripstein se aproximam e se distanciam desta sequência narrativa original nos permitem dirigir o olhar à filosofia adaptativa de cada diretor, e indicam o valor artístico que alcançam em seus respectivos filmes.

O galo de ouro de Gavaldón abre com um plano em ângulo contrapicado, que se detém num cata-vento em forma de galo, no topo de uma construção alta. Com a câmara inclinada para cima, a tomada também enfatiza o céu com suas nuvens brancas antes de fazer uma volta num plano panorâmico para a direita, para nos mostrar uma montanha rochosa e pitoresca. De repente escuta-se a voz de um pregoeiro, e a câmara, que obviamente está no teto de uma construção, passeia sem corte na direção da rua, lá embaixo, agora buscando um ângulo fechado, até identificar o homem que grita e se aproximar dele. Um corte nos leva para a rua, onde, com um plano lento, agora para a esquerda, a câmara segue o pregoeiro até que ele pare quase na frente da lente. A câmara, que se inclinou para baixo, se detém num plano médio que mostra os remendos nas calças do homem, na altura dos joelhos, para representar visualmente as carências em que ele vive. Em seu aspecto técnico, a cena emula a introdução original que Rulfo idealizou para *O galo de ouro* que, como já mencionei, se aproveita da estrutura cinematográfica do plano de situação. Recria, além disso, o desejo de Rulfo, de enfatizar desde o primeiro momento a pobreza do seu protagonista. Apesar destas semelhanças com o argumento rulfiano, o começo da adaptação é preciosista e folclórico, e mostra, desta maneira, a intenção de Gavaldón de se afastar de maneira significativa do espírito original do argumento de Rulfo.

A interpretação cinematográfica que Gavaldón oferece de Rulfo se vê dominada, em grande parte, pelo diretor de fotografia escolhido: Gabriel Figueroa. A fotografia de Figueroa, um dos diretores mais prestigiados, é excelente e, com poucas exceções, foi o elemento mais elogiado do filme pela crítica. Gavaldón e Figueroa formaram uma das combinações icônicas do cinema mexicano em meados do século XX, e *O galo de ouro* marcou a décima terceira (e última) vez em que os dois se reuniram para um filme. Ao longo de uma carreira ilustre que incluiu a participação em mais de duzentos filmes, Figueroa trabalhou ao lado de alguns dos cineastas mais importantes do México, da Espanha e dos Estados Unidos, onde, como diretor de fotografia, tinha a responsabilidade de pôr seus talentos criativos a serviço da imaginação artística do diretor. A visão que Gavaldón pediu a Figueroa em 1964, para fazer a direção de fotografia de *O galo de ouro*, era a mesma que ele tinha aperfeiçoado durante o período conhecido como Época de Ouro do cinema mexicano. O estilo — tão celebrado — de Figueroa que se associa a este período é composto, por uma parte, no manejo hábil da imagem fotografada e, por outra, no emprego de técnicas formalistas, estilizadas e muitas vezes romantizadas, que incluem, entre outras coisas, o uso de uma iluminação expressionista, com seus claros-escuros, a presença de ângulos e linhas num contexto metafórico, o emprego do espaço como um elemento importante na narração do argumento, a profundidade do foco (*deep focus*), uma posta em cena artisticamente organizada, e uma ênfase nas paisagens e na impressionante amplidão dos céus do campo mexicano. Estas características serviram bem a Figueroa, que chegou a desfrutar de fama nacional e internacional. A serviço da visão de Gavaldón em *O galo de ouro*, porém, estas tendências criaram uma imagem idealizada — de cartão-postal — da experiência mexicana. Rulfo, ao contrário, evitava em sua ficção qualquer sentimentalismo para oferecer uma crítica aguda e perspicaz da situação social e política do México pós-revolucionário. A incapacidade de Gavaldón e Figueroa de igualar a visão do México que Rulfo delineou em *O galo de ouro* percebe-se bem numa análise das imagens que, como fotógrafo, o próprio escritor tomou.

Embora fosse um favor ver a fotografia de Rulfo unicamente em relação com sua ficção, vale a pena recorrer às imagens que ele fez para esclarecer as diferenças artísticas entre o escritor e a equipe Gavaldón–Figueroa. Como fotógrafo, Rulfo rejeitava a tendência de Gavaldón, Figueroa e outros artistas e políticos mexicanos de meados do século, de recordar o passado nostalgicamente. Por sua vez, suas imagens captam sem embelezamentos a realidade habitual de uma paisagem e de um povo mexicanos marcados pelo peso da pobreza e da injustiça social. Os homens e as mulheres que povoam a fotografia de Rulfo costumam ser solitários e desconfiados, simples e desgastados, mas com muita dignidade. Gabriela Yanes Gómez também recorre a uma comparação com a fotografia de Rulfo para sugerir como foi distante a adaptação do espírito de seu argumento original:

> Se nos remetermos de novo ao testemunho visual das fotografias de Rulfo — que não ilustram seus textos, mas certamente os complementam —, vemos que nelas não existem vaqueiros com suas roupas vistosas e exuberantes, nem *mariachis*, nem mulheres com corpetes, joias e alta maquiagem. A visão dos povoados, seus habitantes e algumas festas que Rulfo registra guardam qualidades de reserva, modéstia e simplicidade que não vemos nesta versão cinematográfica. Embora o roteiro se refira ao ambiente festivo das festas de povoado, a solidão dos personagens principais é o nó do relato, e isso Gavaldón não soube resolver visualmente.[33]

33. Gabriela Yanes Gómez, *Juan Rulfo y el cine*, Universidad de Guadalajara – Instituto Mexicano de Cinematografia – Universidad de Colima, Guadalajara, 1996, p. 38.

Arturo Ripstein parece estar muito consciente da versão romantizada e folclórica de Gavaldón, quando empreende sua própria adaptação de *O galo de ouro* duas décadas depois. Ripstein é um diretor conhecido por suas representações agudas da realidade mexicana. Em vez de se assimilar a diretores de meados do século — como Gavaldón —, que imaginava uma identidade mexicana idealizada, Ripstein prefere mostrar ao mundo contemporâneo a identidade dura e é, em muitos sentidos, um herdeiro espiritual dos espaços caducos, sufocantes e degradantes que encontramos em *Los olvidados* (1950), de Luis Buñuel.

O começo de *O império da fortuna* evita os planos longos e os estilos formalistas do princípio de *O galo de ouro* para deixar claro que o diretor não vai recriar o mundo de cartão-postal de Gavaldón. Sua perspectiva, em vez de ser folclórica, é patética. Ripstein (com Ángel Goded como diretor de fotografia) abandona o plano de situação expansivo e belo com que começam o texto de Rulfo e o filme de Gavaldón. Por sua vez, começa com uma tomada de primeiro plano do rosto do seu pregoeiro no momento anterior ao amanhecer. O ângulo utilizado, a diferença do olhar para os céus com que o filme de Gavaldón começa, é veloz. A mensagem é clara: esta obra vai enfatizar o feio e o sórdido da história do protagonista. O quarto empobrecido onde dormem Dionisio Pinzón e sua mãe, separados, no chão, é iluminado por uma luz vermelha intermitente que vem de uma coroa de flores que ostenta uma fita que diz, em inglês, "Merry Christmas" [Feliz Natal]. É a única indicação no filme que pode ser associada ao Natal. A natureza grotesca da cena esclarece, porém, que a coroa — tal como tantos outros emblemas religiosos no filme que se mostram caducos — não deve ser interpretada como um símbolo de esperança ou de redenção. Ripstein representa aqui e durante todo o filme um mundo degradante de desespero e pobreza. E, se a câmara de Figueroa em *O galo de ouro* se inclina, inúmeras vezes, dirigida para o céu, para nos mostrar espaços abertos e a beleza do ambiente, a de Ripstein enfatiza os espaços fechados e claustrofóbicos e olha, quase sempre, para baixo, a fim de revelar a sujeira da existência humana.

O império da fortuna é, sem dúvida, um filme ripsteniano que se preocupa tanto em explorar as obsessões cinematográficas que caracterizam a bitácula fílmica de seu diretor, como por refletir o mundo literário de Juan Rulfo. Apesar desta inovação, *O império da fortuna* é, em muitos sentidos, bem mais fiel ao romance rulfiano que a adaptação de Gavaldón. "A esperada versão cinematográfica", declara Milagros Ezquerro, "foi realizada com total fidelidade não apenas à história de *O galo de ouro*, como também ao seu ambiente emocional e simbólico, com o título de *O império da fortuna*."[34] Apesar do entusiasmo

34. "*O galo de ouro* ou o texto enterrado", p. 685.

que Ezquerro demonstrou pela "fidelidade" de *O império da fortuna*, são inegáveis as liberdades que o diretor assumiu ao filmar sua versão de *O galo de ouro*. Apesar do entusiasmo que Ezquerro demonstrou pela "fidelidade" de *O império da fortuna*, são inegáveis as liberdades que o diretor assumiu ao filmar sua versão de *O galo de ouro*. Em parte, foram essas diferenças com a obra rulfiana que levaram Juan Carlos Rulfo, o filho cineasta do escritor, a se queixar do filme numa entrevista recente.[35] Tal como Gavaldón, Ripstein idealizou um mundo que às vezes se afasta do mundo que Rulfo retratou em *Chão em chamas*, *Pedro Páramo* e *O galo de ouro*. Seria equivocado, porém, demandar que uma adaptação seja servilmente fiel à fonte de sua inspiração quando é — e deve ser — uma criação nova. Gavaldón e Ripstein se inspiraram em Rulfo sem conseguir ou sem querer captar plenamente a visão artística do escritor, e os dois diretores oferecem filmes que, apesar de algumas debilidades, são adições importantes e interessantes ao cinema mexicano e à escrita dos filmes baseados em Rulfo. Fica claro, no entanto, que *O império da fortuna* é o filme mais bem-sucedido dos dois, e o que

35. Ver Douglas J. Weatherford, "O legado de Comala: uma entrevista com Juan Carlos Rulfo", em Susanne Igler e Thomas Stauder (eds.), *Negociando identidades, traspasando fronteras: tendencias en la literatura y el cine mexicanos en torno al nuevo mileneo*, Ibero--americana – Verveurt, Madrid-Frankfurt am Main, 2008, p. 261-273.

melhor conserva, graças à sua aproximação nova e muito ao estilo artístico de Ripstein, o espírito do romance de Rulfo.

Conclusão

Embora *O galo de ouro* só tenha sido publicado pela primeira vez em 1980, Rulfo havia começado muito antes a escrever seu segundo romance a ser publicado (ou uma versão dele), provavelmente em 1956, para registrá-lo oficialmente em 1959 no Sindicato de Trabalhadores da Produção Cinematográfica da República Mexicana. Em seu quinquagésimo aniversário, este texto tantas vezes esquecido e marginalizado sem justificativa merece uma reavaliação séria pela crítica acadêmica e pelo público leitor, que o situe final e definitivamente dentro da *oeuvre* literária de Juan Rulfo. Tal revisão talvez tenha a responsabilidade de enfatizar a natureza literária deste romance breve, mas não devemos esquecer suas importantes raízes cinematográficas, apesar do dano inegável que causou a sua recepção a mediocridade da sua primeira adaptação de 1964, e sua classificação inesperadamente nociva ao ser publicada pela primeira vez como "texto para cinema".

Aliás, entende-se melhor o lugar de *O galo de ouro* na produção artística de Rulfo se compreendermos que o romance documenta o profundo interesse que o autor tinha pela imagem visual. Em meados dos anos cinquenta, Rulfo conquistou sua fama ao publicar *Chão em chamas* e *Pedro Páramo*. Naquelas datas, no entanto, o autor já era um dotado praticante da fotografia e um admirador da sétima arte. No mesmo ano em que publicou seu romance obra-prima, ele tateou a possibilidade de uma carreira alternativa no cinema e durante a década seguinte (1955-1964) participaria na produção de pelo menos oito filmes como escritor, como assessor histórico, como *stillman*, como pesquisador de locações e, em uma ocasião, como ator secundário. O fato de que Rulfo muito possivelmente teria escrito seu segundo romance com a intenção de que a história fosse levada à tela grande testemunha a importância que tinha para ele, na segunda metade dos anos cinquenta, a possibilidade de escrever para cinema. O entusiasmo que Rulfo sentiu naquela época por uma carreira no cinema murchou, porém, diante da sua insatisfação com as adaptações que fizeram da sua ficção, inclusive na versão de *O galo de ouro* feita por Roberto Gavaldón em 1964. Lamentavelmente, Rulfo morreu em janeiro de 1986, antes da estreia de uma adaptação melhor, como a que foi realizada por Arturo Ripstein (*O império da fortuna*). Rulfo entregou o destino do seu segundo romance à indústria artística no México (a cinematográfica e a editorial) que não soube aproveitar

O galo de ouro, e o livro ficou esquecido durante anos, antes de sua publicação, e marginalizado depois. Espero, em todo caso, que a reavaliação de *O galo de ouro* evite a tentação de denegrir a associação que o texto e seu autor tiveram com a sétima arte, um enlace que, apesar de ser acidentado, serviu como influência importante no impulso criativo do Rulfo que escreveu *Chão em chamas* e *Pedro Páramo* e representou, depois da publicação desses textos, uma legítima oportunidade para buscar novos campos criativos.

DOUGLAS J. WEATHERFORD

Bibliografia

Anônimo, "Sergio Kogan: '¿Tiene Ud. un buen argumento? ¡Tráigamelo!'", *Esto*, 10 de outubro de 1956, seção B, p. 4.

Arizmendi Domínguez, Martha Elia, "El azar en El gallo de oro de Juan Rulfo", *Revista de Literatura Mexicana Contemporânea*, 10, 22, 2004, p. I-IX.

Ayala Blanco, Jorge, Apresentação, em Juan Rulfo, O galo de ouro *e outros textos para cinema*, ERA, 1980, p. 9-17.

Carrillo Juárez, Carmen Dolores, "*El gallo de oro*: su género y sus relaciones hipertextuales cinematográficas", em Pol Popovic Karic e Fidel Chávez Pérez (coords.), *Juan Rulfo: perspectivas críticas*, Siglo XXI, México, 2007, p. 241-258.

Colina, José de la, "¿Es Rulfo posible en el cine?", *La Letra y la Imagen*, 39, 22 de junho de 1980, p. 13.

Duffey, J. Patrick, *De la pantalla al texto: la influencia del cine en la narrativa mexicana del siglo veinte*, trad. de Ignacio Quirarte, Universidad Nacional Autónoma de México, México, 1996.

Ezquerro, Milagros, "*El gallo de oro* o el texto enterrado", en Juan Rulfo, *Toda la obra*, ed. crítica, coord. Claude Fell, Conaculta, México (Archivos 17), 1992, p. 683-697.

Fares, Gustavo, "Juan Rulfo en el cine", em seu livro *Ensayos sobre la obra de Juan Rulfo*, Peter Lang, Nova York, 1998 (Wor(l)ds of Change: Latin American and Iberian Literature 37), p. 95-100.

García Márquez, Gabriel, "Breves nostalgias sobre Juan Rulfo", em Juan Rulfo, *Juan Rulfo: homenaje nacional*, Instituto Nacional de Bellas Artes-Secretaría de Educación Pública, México, 1980, p. 31-33.

García Riera, Emilio, *Historia documental del cine mexicano*, vol. 12, Universidad de Guadalajara, Guadalajara, 1997.

González Boixo, José Carlos, "*El gallo de oro* y otros textos marginados de Juan Rulfo", *Revista Iberoamericana*, 52, 135-136, 1986, p. 489-505.

Jiménez, Víctor, *Entrevistas personales*, abril e junho de 2008 e maio de 2009.

_____ [sin firma], "Las exposiciones fotográficas de Juan Rulfo", *Los Murmullos: Boletín de la Fundación Juan Rulfo*, 2, segundo semestre de 1999, p. 40-51.

Jiménez de Báez, Yvette, "De la historia al sentido y *El gallo de oro*", em seu livro *Juan Rulfo, del páramo a la esperanza: una lectura crítica de su obra*, Fondo de Cultura Económica, México, 2a. ed., 1994, p. 243-271.

Leal, Luis, "*El gallo de oro* y otros textos de Juan Rulfo", *INTI: Revista de Literatura Hispánica*, 13-14, 1981, p. 103-110.

Pacheco, José Emilio, "Imagen de Juan Rulfo", *México en la Cultura* [suplemento de *Novedades*], 540, 19 de julio de 1959, p. 3.

Ramírez, Arthur, "Spatial Form and Cinema Techniques in Rulfo's *Pedro Páramo*", *Revista de Estudios Hispánicos*, 15, 2, maio de 1981, p. 233-249.

Ruffinelli, Jorge, "Rulfo: *El gallo de oro* o los reveses de la fortuna", em seu livro *El lugar de Rulfo y otros ensayos*, Universidad Veracruzana, Xalapa, 1980, p. 55-65.

Rulfo, Juan, "Documento de Juan Rulfo sobre su novela", em Alberto Vital, *Noticias sobre Juan Rulfo: 1784-2003*, Editorial RM-Universidad de Guadalajara – Universidad Nacional Autónoma de México – Universidad Autónoma de Aguascalientes – Universidad Autónoma de Tlaxcala – Fondo de Cultura Económica, México, 2003, p. 207.

———, El gallo de oro *y otros textos para cine*, ed. de Jorge Ayala Blanco, ERA, México, 1980.

———, "Juan Rulfo examina su narrativa", *Escritura*, 1, 2, 1976, p. 305-317.

———, *Juan Rulfo: homenaje nacional*, Instituto Nacional de Bellas Artes-Secretaría de Educación Pública, México, 1980.

Vital, Alberto, "*El gallo de oro*, hoy", em Víctor Jiménez, Alberto Vital e Jorge Zepeda (coords.), *Tríptico para Juan Rulfo: poesía, fotografía, crítica*, Congreso del Estado de Jalisco – Universidad Nacional Autónoma de México-Universidad Iberoamericana – Universidad Autónoma de Aguascalientes – Universidad de Colima –

Facultad de Filosofía y Letras de la UNAM – Fundación Juan Rulfo – Editorial RM, México, 2006, p. 423-436.

_____, *Noticias sobre Juan Rulfo: 1784-2003*, Editorial RM-Universidad de Guadalajara-Universidad Nacional Autónoma de México – Universidad Autónoma de Aguascalientes – Universidad Autónoma de Tlaxcala – Fondo de Cultura Económica, México, 2003.

Weatherford, Douglas J., "*Citizen Kane* y *Pedro Páramo*: un análisis comparativo", em Víctor Jiménez, Alberto Vital e Jorge Zepeda (coords.), *Tríptico para Juan Rulfo: poesía, fotografía, crítica*, Congreso del Estado de Jalisco – Universidad Nacional Autónoma de México – Universidad Iberoamericana – Universidad Autónoma de Aguascalientes – Universidad de Colima – Facultad de Filosofía y Letras de la UNAM – Fundación Juan Rulfo – Editorial RM, México, 2006, p. 501-530.

_____, "El legado de Comala: una entrevista con Juan Carlos Rulfo", em Susanne Igler e Thomas Stauder (eds.), *Negociando identidades, traspasando fronteras: tendencias en la literatura y el cine mexicanos en torno al nuevo milenio*, Iberoamericana-Vervuert, Madrid-Frankfurt am Main, 2008 (Estudios Latinoamericanos 49), p. 261-273.

_____, "Gabriel Figueroa y Juan Rulfo", *Luna Córnea*, 32, 2008, p. 481-499.

Yanes Gómez, Gabriela, *Juan Rulfo y el cine*, Universidad de Guadalajara – Instituto Mexicano de Cinematografía – Universidad de Colima, Guadalajara, 1996.

A fórmula secreta

I

Vocês dirão que é pura teimosia minha,
que é um desatino lamentar-se da sorte,
e inda mais desta terra pasma
onde nos esqueceu o destino.

A verdade é que dá muito trabalho
se aclimatar à fome.

E, ainda que digam que a fome
repartida entre muitos
vira menos fome,
a única coisa certa é que aqui
todos
estamos a meio morrer
e não temos nem mesmo
onde cair mortos.

Ao que parece
a perversa vem direto para nós.
Nada de dar nó cego a
esse assunto.
Nada disso.
Desde que o mundo é mundo
desandamos a andar com o umbigo grudado no espinhaço
e nos agarrando ao vento com as unhas.

Nos regateiam até a sombra,
e apesar de tudo
continuamos assim:
meio atordoados pelo sol maldito
que nos afunda dia a dia aos pedaços,
sempre com a mesma lenga-lenga,
como se o rescaldo quisesse reviver mais.
Embora a gente saiba muito bem
que nem ardendo em brasas
se acenderá a nossa sorte.

Mas somos teimosos.
Talvez isto tenha conserto.

O mundo está inundado de gente feito a gente,
de muita gente feito a gente.
E alguém tem que nos ouvir,

alguém e mais alguns,
embora se arrebentem ou devolvam
nossos gritos.

Não é que a gente seja rebeldes revoltos,
nem que estejamos pedindo esmola à lua.
Nem está em nosso caminho buscar depressa a pocilga,
ou arrancar para a montanha
que os cães nos sussurram.

Alguém terá que nos ouvir.

Quando deixarmos de roncar feito vespas em
enxame,
ou nos façamos cauda de redemoinho,
ou quando terminemos por escorrer sobre
a terra
como um relâmpago de mortos,
então
talvez
chegue a todos nós
o remédio.

II

Cauda de relâmpago,
redemoinho de mortos.
Com o voo que voam,
pouco irá durar seu esforço.
Talvez acabem desfeitos em espuma
ou sejam tragados por este ar cheio de cinzas.
E podem até se perder
indo tateando
no meio da escuridão revolta.

Afinal, já não passam de escombro.

A alma haverá de ter-se partido
de tanto dar tombos na vida.
Pode ser que tenham cãibras
entre os fiapos gelados da noite,
ou que o medo os liquide
apagando-os até virar borra.

San Mateo amanheceu desde ontem
com a cara ensombrecida.
Rogai por nós.

Almas benditas do purgatório.
Rogai por nós.

Tão alta vai a noite, e não há com que velá-los.
Rogai por nós.

Santo Deus, Santo Imortal.
Rogai por nós.

Já estão todos meio murchinhos de tanto que o sol
sorveu seu suco.
Rogai por nós.

Santo são Antoninho.
Rogai por nós.

Punhado de malvados, vara de folgazões.
Rogai por nós.

Monte de patifes, corja de vagabundos.
Rogai por nós.

Cáfila de bandidos.
Rogai por nós.

Pelo menos estes já não viverão calados pela fome.

Sobre *A fórmula secreta*

Eu, o único filme que fiz foi A fórmula secreta.
Originalmente se chamava Coca-Cola no sangue,
mas tiraram esse título porque achavam que
ninguém iria ver o filme. É a história de um
homem em quem estão injetando Coca-Cola
em vez de soro, e quando começa a perder a
consciência sente uns relâmpagos de luz e
a Coca-Cola produz nele uns efeitos horríveis,
e então tem uma série de pesadelos e em alguns
momentos fala contra tudo. Este filme é um
filme ANTI. É anti-ianque, anticlerical,
antigovernista, antitudo... Não deixaram
que fosse exibido.

Juan Rulfo

Um camponês solitário fixa o olhar silenciosamente sobre as terras altas e planas. Lentamente a câmara se afasta dele para focar as colinas desoladas. Inesperadamente, o camponês segue o movimento da câmara, dirigindo em cheio seu olhar para o espectador, exigindo sua atenção. Ensombrecer o olhar do espectador através de um ato subversivo acaba sendo agressivo e inquietante. Por muito tempo os fotógrafos de cinema tinham dirigido suas lentes para a mítica beleza do campo mexicano, sem realmente *ver* seus habitantes. Agora, os habitantes do *chão em chamas* têm algo a nos dizer, e sua voz será escutada *embora se arrebentem ou devolvam / nossos gritos*. Com a ajuda de Gámez são vistos, e com as palavras de Rulfo serão escutados. Esta emocionante sequência mostra o começo da diatribe poética de Rulfo.

A fórmula secreta foi filmado em 1964 por Rubén Gámez. Ao longo de sua carreira, Gámez renegou o cinema comercial, e este filme, de produção independente, se inspirou de maneira muito forte nas imagens do surrealismo e ganhou o prêmio de melhor película no Primeiro Concurso de Cinema Experimental do México, em 1965. O texto de *A fórmula secreta* escrito por Rulfo apareceu publicado pela primeira vez em "A Cultura no México", suplemento da revista *Siempre!*, em março de 1976, sendo esta a sua única publicação até que em 1980 foi incluído em *O galo de ouro e outros textos para cinema*. O texto que apresentamos aqui representa a primeira vez em que a única voz de *A fórmula secreta* foi publicada sem erros. As discrepâncias entre os textos publicados em 1976 e em 1980 não necessitam ser desfeitas pelo especialista rulfiano, já que nosso texto retifica omissões prévias e se apega à trilha sonora do filme de 1964. Sabe-se, pela introdução de "A Cultura no México", que o texto foi escrito por Rulfo *a posteriori*, quando já havia visto as imagens filmadas por Rubén Gámez. É possível que, com a ajuda de Gámez, Rulfo encontrasse uma representação visual dos habitantes sufocados e pisoteados do mundo literário previamente construído por ele. A compulsão de Rulfo por dar a esses personagens uma voz com que pudessem expressar sua aflição pode ter sido sua reação mais natural.

Encarnado pelo poeta Jaime Sabines na trilha sonora do filme e depois organizado em formato de verso por Carlos Monsiváis, não nos surpreende que quando o texto tenha sido apresentado ao público pela primeira vez em 1976 recebesse o subtítulo de "poema para cinema". O leitor poderá definir o texto como roteiro cinematográfico, solilóquio ou monólogo poético, mas uma coisa é certa: a voz dos camponeses é, ao mesmo tempo, enfurecida e poética, agressiva e dignificada. Não são porfiados, mas tampouco arrancam *lá pra montanha* cada vez que *os cães sussurram*. Um extraordinário sentido de ameaça ferva por debaixo da superfície do texto enquanto os camponeses profetizam sua transformação perturbadora de camponeses esquecidos em *na cauda do redemoinho* e *relâmpagos de mortos*. Conforme o texto de Rulfo se transforma numa estranha procissão religiosa invertida de *folgazões, malvados e bandidos*, vemos os camponeses lutando para escalar uma íngreme colina de degraus. Apesar de seu maior esforço, finalmente terminam escorrendo sobre a terra seca. Enquanto a câmara põe o foco sobre seus corpos inanimados, que jazem de braços cruzados sobre as rochas, o texto de Rulfo chega a uma exausta epifania: *Pelo menos estes já não viverão calados pela fome.*

DYLAN BRENNAN,
Cidade do México, agosto de 2009.

Este livro foi composto na tipografia Sabon
LT Std, em corpo 12/17, e impresso em
papel off-white no Sistema Cameron da
Divisão Gráfica da Distribuidora Record.